U0540479

名家作品
名师赏析系列

秦文君作品
学生版

秦文君 — 著
付雪莲 — 赏析

长江出版传媒　长江文艺出版社

图书在版编目（CIP）数据

秦文君作品：学生版 ／秦文君著；付雪莲赏析
. -- 武汉：长江文艺出版社，2022.6
（名家作品．名师赏析系列）
ISBN 978-7-5702-2650-4

Ⅰ.①秦… Ⅱ.①秦… ②付… Ⅲ.①短篇小说－小说集－中国－当代②散文集－中国－当代 Ⅳ.①I217.2

中国版本图书馆 CIP 数据核字(2022)第 069330 号

秦文君作品：学生版
QIN WENJUN ZUOPIN：XUESHENG BAN

责任编辑：钱梦洁　王天然	责任校对：毛季慧
装帧设计：天行云翼·宋晓亮	责任印制：邱　莉　胡丽平

出版： 长江出版传媒　 长江文艺出版社
地址：武汉市雄楚大街 268 号　　邮编：430070
发行：长江文艺出版社
http://www.cjlap.com
印刷：湖北画中画印刷有限公司

开本：640 毫米×970 毫米　1/16　　印张：12.25　　插页：1 页
版次：2022 年 6 月第 1 版　　2022 年 6 月第 1 次印刷
字数：119 千字

定价：25.00 元

版权所有，盗版必究（举报电话：027—87679308　　87679310）
（图书出现印装问题，本社负责调换）

成长是一场不必回头的冒险

付雪莲

提到秦文君老师,我头脑中马上浮现出《剃头大师》里的细节:一眼望去,整个头上坑坑洼洼,耳朵边剪得小心,却像层层梯田……每每给学生讲到这,下面都会传来忍不住的闷笑声。

秦老师的笔有魔力,总能精准找到儿童"最痒痒"的部分。她喜欢逗孩子们笑,但又不会为此去牺牲故事的逻辑和品质。这本书和《剃头大师》不一样,它更适合小学中高年段和初中生读,或者说,处于青春时期的孩子更需要它。

一、就安安静静地看会儿书吧

我的女儿暖暖马上上初中了,她在自己的桌子上完成作业,然后和我挤一张桌子练字,默写单词,刷卷子。

这段日子,我一直在为秦老师这本新书的序言做准备,桌上铺满了 A4 纸打印的稿子。最开始暖暖是没在意的,不知道什么时候,她也兴致勃勃地跟着我一起读起来。

我有点埋怨她，时间宝贵，多刷题才是大事。暖暖放下手中的菠萝果汁和书稿，眼圈一红说："就怕你说我，我赶紧把作业写完，把字练完，把练习册也写完。我做了那么多，就为了能安安静静看会儿书，结果还是被你说。"

我一时语塞，也有点后悔。突然想起了《死亡诗社》里基廷老师说的那段话：我们读诗、写诗并不是因为它们好玩，而是因为我们是人类的一分子，而人类是充满激情的。没错，医学、法律、商业、工程，这些都是崇高的追求，足以支撑人的一生。但诗歌、美丽、浪漫、爱情，这些才是我们活着的意义。

我之所以在这里写下这个故事，就是为了告诉那些和我女儿同样苦苦挣扎在课业中的孩子，生命有泥路，但也有云路。

数理化卷子可以解决你成绩上的问题，却解决不了你灵魂成长上的问题，但一本恰逢其时的好书，可以。

二、在别人的故事里读自己

在这本书里，你会遇见梦见"红裙子"的肖申生，遇见苦苦寻找"自己"的四弟，遇见快被"优秀表哥"逼疯的优秀表弟，遇见因被偷看日记而陷入人际关系紧张的莘莘，遇见有家不能归的"博士"毕德，也会遇见被母亲一直挑剔的女儿……

浅浅地读这本书并不难，秦老师笔力深厚，故事节奏紧凑，多篇欧·亨利式结尾的故事令人读起来畅快淋漓。我的提议是，在读的时候，要在那些让我们疑惑的地方、感动的地方、惆怅的地方稍作停留，想一想，究竟是什么引起了我们这样的感受。

有人说，成长不过是不断发现个人独特的经历，原来只是人类普遍经验的一部分的过程。我们从来不读别人的故事,我们都是在故事里读自己。掌握了这种方法,你才真正找到了读懂这本书的钥匙。比如那个叫大美的女孩儿,她的妈妈强势、美丽、老辣,她希望自己的女儿也如同自己一样。可大美偏偏是个弱弱的,很散淡且身材苗条的女孩。

母女俩事事三观不合,竟发展到剑拔弩张的程度。后来,大美自作主张报考了寄宿学校,一周只回来吃一顿晚餐,母女之间的相处都很小心翼翼,话很少,大概双方都有未结痂的创面。再后来,妈妈得了癌症,大美搬回家来,在母亲床边搭了个铺,母女俩度过了共同的50天。妈妈临终前仍神志清醒,她留给这世界的最后一声呼唤是:我的大美。

在母女之战中,从来没有赢家。作者不批判其中任何一人,只是把故事真实坦然地摊给我们看。如果站在母亲的角度,我们是否能够理解她对延续自己生命的女儿无限的期盼?如果站在女儿的视角,又是否能够释怀,我们终其一生,不过就是要摆脱至亲的期待,找到真正的自己。

故事只是故事,故事又不只是故事,希望我们每个人都能在别人的故事中获得智慧,在自己的故事中活出真实的自我。

三、长大真的是一夜之间的事

为了写这篇序,我给秦文君老师打了一个电话。她给我讲了一些关于这部作品的背后故事,其中一个细节非常吸引我,她说她大概读了八九千封信,那些真实的故事非常打动她,每一个人的成长都是不容易的,她想把那些故事慢慢写出来。

是的，这是一本有关成长的短篇小说集，里面的第三辑是一些散文，但主题依旧是关于成长的。所以在读这些故事的时候，你要特别关注跟主人公有关的关键人物、关键事件，以及成长命题和成长后的变化。

以《红裙子》为例，肖申生的成长命题是对一个叫章娜的女孩的莫名好感。当然，有这种好感的，还不止一个男孩子。章娜似乎也察觉到了男孩子们对她的特殊情愫，并巧妙地利用了这一点，希望以此来获得赢取成为学生会主席的机会。

在识破了章娜虚伪又势利的所作所为后，选举当天肖申生并没有举手同意，虽然她的眼神与他的眼神相遇，她还给了他很温暖的一瞥。临放学时，选举结果出来了：章娜落选了。差一票而未过半数。章娜便是肖申生成长路上的关键人物，关键事件则是学生会主席选举。文末写到，肖申生常听妈妈叹息："你变得难管了。""我长大了。"他平静地说。

表面上作者是在写主人公成长后的变化——难管，其实写的是主人公更有主见，更能够辨别是非。什么是成长？成长本就是一笔交易，我们用朴素的童真与未经世事的洁白来交换长大的勇气与色彩。

秦老师说，心灵成长有着漫长的路要走。是啊，我们每个人都被时间牵着前行。恍然有一天，才突然发觉，小时候歪着头，觉得永远都到不了的地方，已经被自己远远甩在身后。

那些山高路远，那些荆棘遍地，那些热泪盈眶，恍若前生，长大真的是一夜之间的事。成长本就是一场热泪盈眶的冒险，你可以一直往前走，不必回头。

目 录

第一辑 成长的旋律

- 003 "博士"毕德
- 012 我家老郑
- 025 四弟的绿庄园
- 040 红裙子
- 050 莘莘的日记
- 066 伟义的心
- 074 告别裔凡

第二辑 青春的色彩

- 091 表哥驾到
- 097 少女罗薇
- 108 瑞黎姨妈
- 118 孤单纪念日
- 121 友情的颜色
- 124 天 真
- 131 老祖母的小房子

第三辑 葱茏的日子

- 155 别样的上海情结
- 160 处世的魔法
- 162 别人的预言
- 164 章老先生
- 167 喜欢花木兰
- 170 搬家变奏曲
- 174 至尊的独立
- 177 送我厚礼的那个人
- 180 分别的日子
- 183 我家的"女生贾梅"

第一辑

成长的旋律

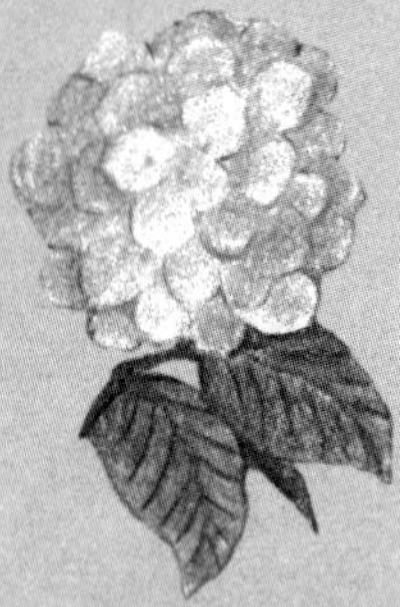

"博士"毕德

一放学,我就急匆匆地赶到校门口的那家小店铺,从那儿买了一只二两重的鸡蛋甜面包。这面包至少在货架上搁了三天,此刻它硬得只比砖块软一点。等面包全下肚后,我才觉得咬肌那儿挺酸,偏偏又在此刻想起从"博士"毕德那儿听来的知识——吃大米对脑细胞生长有利。唉,本可以回家吃晚饭的,除了大米饭,还有香喷喷的红烧大排骨。我怕自己会突然改变主意,所以就对自己说:没关系,只是偶尔嚼次干面包,况且离期末考试还有好几个月,没到重视脑细胞生长的关键时刻呢!

我绝不半途而废。我今天从事的是一件近乎伟大的事:留在学校观察"博士"毕德的一举一动。

我背着书包大摇大摆地重新走进教室,几个留下做值日的同学以及"博士"毕德都用异样的眼神看着我,仿佛我是一颗从西方升起的太阳!我没理会他们的大惊小怪,在"博士"的座位的后一排坐了下来。

"唔,我们班又要出个'博士'了。"谁在那里讽刺我。

我得先在此声明一句,我根本不能奢望自己成为毕德那样的人,我只是个极普通的五年级学生,每次考试的成绩总在全班的第25名，正算倒算都差不多。唯一可以提一笔的，是我挺爱写作文，喜欢抄抄写写。而今天的这一行动，就是从这一爱好引起的。前一阵我忽然觉得现在应该写一写班里的每一个同学，将来嘛，再写遍世上所有的人。就这样，我一个个同学写下来，每人写一篇，有长有短，给他们看后，绝大多数都做了友好的表示，只有我们的"博士"毕德拼命摇晃着他的脑袋，说："你写的是另一个毕德。"

我可受不了这个，所以拼命反驳："哪点儿不像？你说出来！说呀，说呀，说呀。"

"你的观察太片面了！"

他竟用了个感叹句！我暗自把他的话又重复了一遍。"观察"，嗨，这词儿总使人联想起得戴上个望远镜什么的，再深再远的东西全能看个一清二楚。其实，我对"博士"毕德的全面观察早就开始了——没办法，无论是羡慕谁还是崇拜谁，总会把那人的一言一行瞧在眼里、记在心上。毕德是我们五（1）班的骄傲，单看那响亮的绰号，就能让人产生许多敬意。再看看他的成绩吧，语文全班第一，数学全年级第一，还得过区里的一等奖；瞧瞧他的为人吧，挺热心的，对谁都不摆架子；再瞧瞧人家的毅力吧，从上学期起，每天放了学就不回家，坐在教室里专心攻读。有一回，我想学学他的毅力，可只在那儿待了一小时，肚子就咕咕乱叫催我回家，就连"博士"都听见了！再有，学校从教导主任到学生，见了他都带着亲切的微笑！所以我为他作的那篇文章的题目就定为：《最幸福的人》。当然，我还真实地描绘了他的外貌：他有着发达的大脑袋，头发不多，将来注定会秃顶的；他的眼睛不大，有点儿近视，可眼神里透着灵气；还有，他有一对毛茸茸的大耳朵，如果这对耳朵长在我身上的话，那些调皮鬼准会赐给我一个"驴子""灰狼"之类的绰号，可大家对我们的毕德却压根儿没往这方面去想，仍然坚定不移地称其"博士"。

难道这些观察还不够全面吗？

不知怎的，我竟想起很小的时候读过的《盲人摸象》。好吧，重新观察，现在就开始——我是个急性子。

做值日的同学都走了，教室里静静的，只剩下我、"博士"，还有另一个女学生章美华。"博士"正捧着书读着，仿佛那个留下来观察他的人不存在似的！我悄悄地探过头去看，哈，书上全是公式什么的。"博士"这家伙是像个博士，读过的书特别多。有许多知识，我都是从他嘴里知道的，比如，电子计算机就是电脑，它有三大功能……比如，关于"阿波罗"宇宙飞船的功绩……

大约是我凑得太近，"博士"发觉了，他回过头来看看，说："你还没回家？"

"准备跟你统一行动。"

我这话说得够明确的，可"博士"竟不解地朝我看看，好像我脸上写着什么计算机程序。

我只得再一次坦言："我留在这儿观察你！"

"你简直……费时间！"他又用后脑勺对住了我，只顾欣赏他的公式去了。

我把书包里的书、本子、铅笔盒、课外读物全翻出来摊在桌上，仿佛准备在这儿待一年似的，一面气呼呼地想：让我全面观察的是你，不让我跟着你的也是你，简直是自相矛盾！你矛盾你的，我可得一如既往。

我开始做作业，可没几分钟就停住了，因为教室后面是个大操场，那里正进行着一场球赛，喊声此起彼伏。我本想放下书去看看，但又怕"博士"再给我一句什么。再看看，章美华正在那儿咬指甲呢。她也真是的，她父母各顾各后，就没人管她了，她也不自觉，一放学就玩跳橡皮筋，跟人家比手绢什么的，连着半个月交不出作业，所以老师让她每天在教室里做完作业再回家。

有了她作对比，我更佩服毕德了。你瞧他聚精会神地看书的样子，只把喊声当成呼呼的风声。

"砰！"美华把自己的铅笔盒挤下地了。真是的，你瞧，"博士"放下书，微微地摇摇头，挺苦恼的样子。

"唉！"我为毕德叹息了一声。

"博士"迅速地回过头来："你还是回家去的好，在这儿看书做作业效率不高。"

我警惕着，他是想赶我走。

"真的，在这儿受的干扰太大。"他诚恳地说。

我笑笑，心想，既然这样，你这个最讲究效率的人，为什么非要在这儿呢？我得观察观察。

过了会儿，操场上安静下来，大约是球赛结束了。我刚想接着做作业，就见章美华捧着本子，噔噔噔地走过来，一直走到"博士"身边。

"这道题我不会……"

"自己动动脑筋！""博士"挺生气地吼道。

他真凶哪，好像满肚子都是不高兴的事。我一面"刷刷刷"

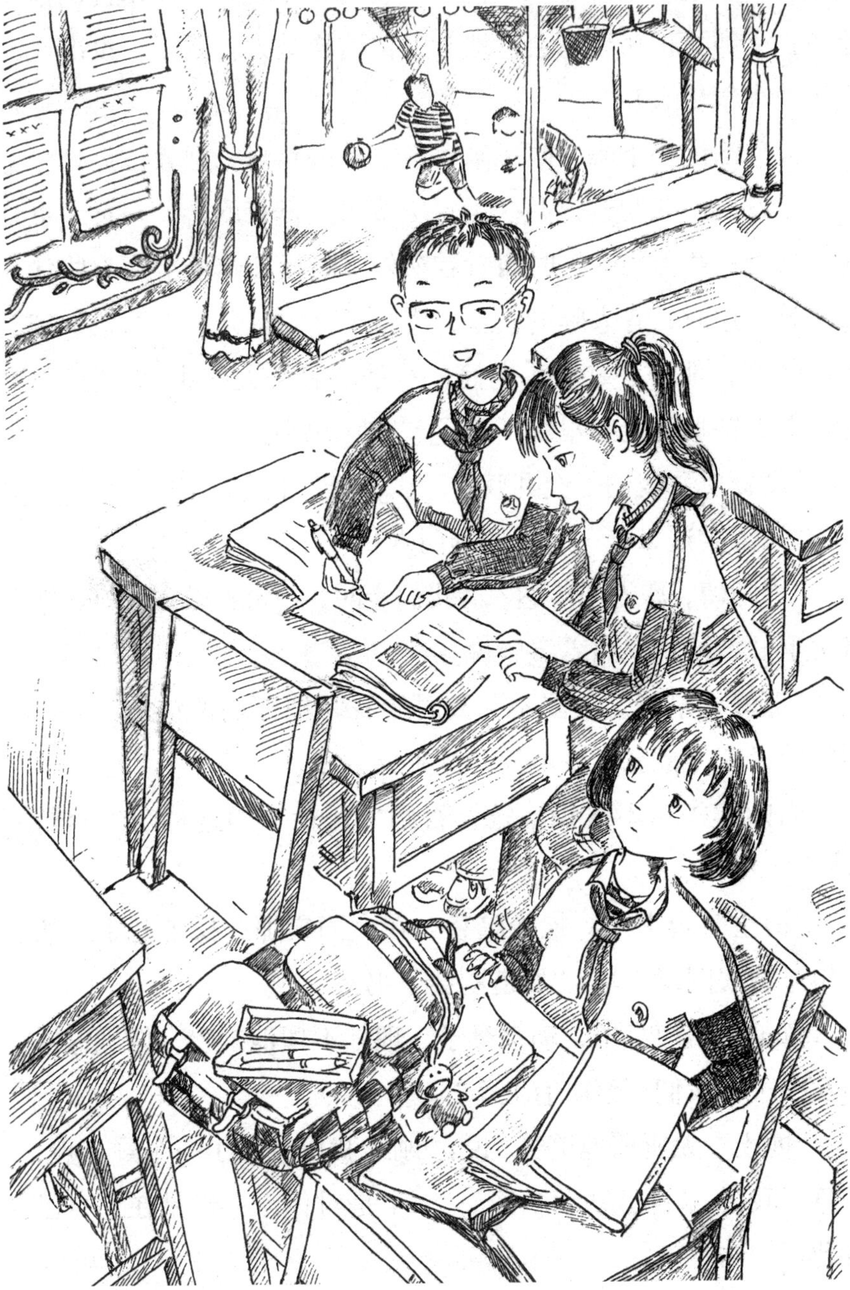

地记着新的观察结果——"博士"有时很烦躁，一面却挺同情地想：逢到我正在聚精会神地看书，这样被人打断了，没准儿会比他火气更大！

天色渐渐暗下来、暗下来。教室外的路灯，把教室近处一带照得发白。我观察过几次了，毕德仍然挺有耐心，一页一页地翻看书；章美华呢，时而看看窗外，时而在本子上写上些什么。就在这时，有人哐的一下，用膀子把门打开了。原来是校工周师傅，他一手拿着手电筒，一手拿着一大串钥匙。"还不走？七点钟啦，老师早都下班了。"他嚷嚷道。

"周师傅，我们一会儿就走。""博士"说。

"每天弄这么晚……我要锁门啦！"

"周师傅，您先回传达室，我们走时，一定把教室锁好，把灯关上。""博士"赔着笑脸说。

"那好，早点走，要不，到时候我就把你们锁在教室里。"周师傅说完，揿亮了手电筒，到别处去了。

周师傅一定不认识毕德，否则，凭什么用这种口气对待"博士"？！

"博士"合上书，抱住脑袋，在太阳穴那儿揉了几下，然后扭过脸去问章美华："那道题会了吗？"

章美华扭扭身子，动动鼻子，理都不理他。唉，像她这样的女孩子，我们班至少有五个！

"博士"无所谓地笑笑，说："刚才我也碰到了一个疑难点，好急，我说：'自己动动脑筋'，一半是对你，一半是在为自己鼓劲。"

章美华马上就笑了。她能在几秒钟之内改变态度："喏，我还是没弄懂。"

"博士"很起劲地跑过去，又是解释题意，又是分析题目。章美华嘛，则在一边不停地点头、点头。

我的作业做完了。本来，在安静的家里，我最多花半小时就能解决它们，可在这儿，足足花了两个多小时！我不由得为毕德惋惜起来。

肚子又在咕咕地叫了，硬面包大约已被消化掉了。在需要耐心一点的时候，我的胃总是工作得格外卖力。

毕德忽然冒出一句："何必一定要在这儿观察呢？"

他又想劝我走！其实，我也实在不愿在这儿待下去，可我心里牢记着：跟着他，观察到底。只有他走了，我才能解放！所以呀，我装着反应迟钝，没回答"博士"。

等啊，等啊，好容易等到"博士"完成了教学任务，关了灯，锁上门。章美华走在前面，自顾自回家了，连一个"谢"字都舍不得讲。

"博士"背着沉甸甸的书包，慢慢地走着。我跟着他，一步不离。走到传达室那儿，周师傅叫住了我们："喂，你们来！"

我们走过去，周师傅从口袋里掏出零钱："我走不开，你们帮我去买只面包。"

毕德接过钱。我心里怪他太乐于助人了，但没办法，谁让我下决心要观察这么个人物呢！我边跟他走，边愤愤地想着。都把他当什么人了？一些人只顾嚷嚷看踢球，吵得他心烦；一些人自己不爱动脑筋，心安理得地让他帮助；另一些人却支使他代买面包。再这么下去，即使是个天才，也会……

我冒出一句："毕德，你放学后干吗非在学校里看书呢？"

他冷冰冰地说:"在哪儿都一样。"

很可惜,学校附近的那家小店铺已经关门了。我提议我们还是将零钱还给周师傅。可"博士"不干,他挺固执地说:"既然答应了,就得想法做到。"

我咕哝道:"他明天照样会催你走的……"

"可别这么说,我每天晚走,总会造成他的不方便。"哼,总为别人想,而别人呢?

毕德对我说:"你没有必要再陪着了。我去买,我家那儿有一家食品店。"

我火气十足地说:"什么有必要没必要,我今天要善始善终。"

"博士"无可奈何地摇头,不再作声。此刻我已经精疲力竭了,懒得多说一个字,猜想"博士"也同我差不多,因为他的步子变得又缓慢又沉重,好像现在不是12岁,而是82岁。

走了长长的一段路,终于到了那家食品店,毕德在店里买面包,我就站在店门口——我最怕在饿的时候看到不属于我的那些美味点心!就在这当儿,我发现马路斜对面有一家人的门口围着不少人,都在那儿议论着什么。要知道,我对新鲜的事是挺感兴趣的。我嚷了一声:"毕德,我上对面瞧瞧。"没等他回答,我已经像匹马似的奔到了那儿。

一到那儿,就听见那家人正在吵架。一个是老太太,一个是中年妇女,两个人都不甘示弱,像两只对放的喇叭,哇啦哇啦的声音震人耳朵。

我想挤得近点看看,边上的人说:"有什么看头,吵了半年多了,这婆媳两个每天都要吵几遍。"

"这么吵多累呀！"我说。

"婆婆退休了，媳妇请了长病假后也不用上班。那老太太的儿子劝了多少次都劝不好，就搬了行李住到厂里去了。苦就苦了他家的孩子了。"

"还吵，还吵！多自私，只顾自己吵，怎么不为那个倒霉的孩子想想？"我真想同那两个相骂者吵一顿！

我赶到食品店，毕德已经离开了，我追了一段路，才追上他。他大概很累了，眼睛看着地上，只顾自己走。于是，我就没话找话，将刚才的见闻一五一十讲了一遍。

他静静地听完后，才轻轻地说："那就是我家。"

我家老郑

我们私下都称我爸为"老郑"。我不想掩饰自己的遗憾,想象中,我们班里的第一大个子应该配个像薛建辉家的老薛那样身坯的父亲,至少该是方头方脑,眉毛胡子粗拉拉,外加一个乐于往脑袋里放东西的英豪男子汉。可老郑呢,五短身材不算,体重刚过一百大关。我们父子俩出门,别人都像看奇迹似的细细打量,仿佛矮子就只能生出小个子。我的一口牙跟爸的如出一辙,每颗牙之间都有道宽牙缝,所以别人一露那神情,我就龇出牙。我得声援我爸,要是没一点像他,老郑就太可怜了。

老郑人不错,平日求他修冰箱的人不断,他是这方面的权威。假如谁送点礼,他会急得张口结舌,半天憋不出话,只顾摆手。这让我佩服。有骨气,英雄重义不贪财!

有一回,我对爸说:"修冰箱挺有学问,教我两手行不?"不料,他大为光火,喝道:"学你的画去!"看他脸色,也不像是假谦虚。

我还是小萝卜头时,爸就给我买了颜料、宣纸什么的。我画兵舰,也画细脚杆的飞人,爸大声叫好,还把我的画当宝贝似的收起来。后来我画腻了,懒得再动,爸就往我跟前一站,说:"你画画我。"我画了个形容枯槁的小老头,爸看了说这是漫画，所以不像也没多大关系。反正他老跑文具店，把钱换成源源不断的画笔、颜料、写生簿，仿佛家里有个伟大画家。

这学期初，薛建辉的爸爸风风火火地来找老郑，说是育苗艺术学校开始招收绘画班学员。他们俩是在家长会上结识的，居然也成了一对密友。共同来对付我和薛建辉也许是他们交往的基础，否则简直想象不出他们靠什么维系感情！两个人都是闷头闷脑的，动半天脑筋才说出一句话。

"太好了，好消息！"老郑直搓手。

"这家业余学校出人才多，让他们去考，去考！"老薛一边掏出"招生简章"给老郑看，一边直挥手。

老薛自打和我爸结成同盟后，也在家培养小画家了。薛建辉比我还不成器，一握画笔就猛出手汗，画出的人都有点像鬼，青面獠牙的。可老薛仍想当画家的爹。报名那天，我们两对父子是一同到艺校的。老薛率先递上儿子的一幅习作。主考官戴一副斯文的金丝边眼镜，头发锃亮，想必修养一定出众。他接过报名作品一看，一下子笑得忘掉了含蓄。薛建辉画的是一群小人，大腿都像猪蹄子那般。老薛愣了会儿，二话不说，领着儿子就走。第二天，老薛掮着一大袋子画图的家什来，哗啦一声全倒在我桌上。他苦笑数声，然后拍了拍我的肩，大概表示对我的重望，所以拍得我直咧嘴。

可我的爸却是百折不挠。

那主考官接过我的画，还没细看，爸就迫不及待地凑过去问："怎样？能录取吧？"

"嗯。"对方不置可否地答了一声。

"好，能进这学校，就像一脚踏进画家圈子！"

那考官探究地看了爸一眼,忽然,两个人都傻掉了。

"郑一斌!"

"黄浩!"

接着,完全像电影里的巧合那样,两个人推推搡搡,拍拍打打。爸比喻说,他们俩就像我跟薛建辉那种交情。我想,他是拔高了他们的友情,我跟薛建辉可不会像他们那样人走茶凉,多少年后才巧遇的。

爸那天情绪激动,也不口讷了:"我跟黄浩都是绘画小组的,后来,黄浩考了工艺美术学校,当了画家。"

"你呢?"

爸的表情含糊起来:"我嘛,不晓得怎么就工作去了。其实那时我每天画一幅画,不间断。你也应该勤奋点。"

"爸,没想到你也是个爱画画的。"

爸骄傲地说:"那时左邻右舍全知道我是个画迷,我还在墙上画过呢,你祖母还为这骂我呢,那时哪有条件啊!"

我迅速取出画笔,让爸画上一张。爸接过笔,手哆嗦了半天,最终还是没露一手。

"爸老了,"他说,"就希望你成才。"

"爸,有人四十岁才开始学画,不也成名了?"我倒希望爸来体验这苦营生。

"去,去!"爸把自己划出圈外,"我现在就是要排除万难,让你当个不平凡的画家。"

我可没想过这个,不敢狂妄。

艺校的通知迟迟未到。爸爸不甘心,拉着我赶去问了几回,人家告诉他,不录取的就不发通知了。"这不可能!"爸虎着脸跟人吵。看他急得六神无主，我也生气。平日爸买来临摹本没完没了地催我画，我确实愤怒。可想想费了那么多劲还让人刷下来，我更气愤，仿佛判决了我智商平平。丢我的脸无妨，让爸这么碰钉子我无地自容。我大喝一声："我偏好好学，当画家，让你们这鬼学校后悔来不及！"

爸的眼睛倏地亮了。他也不跟人吵了，快快乐乐地领我回家。事后，我有些疑惑，于是便把这疑惑捅给薛建辉，没想到这爱出手汗的马大哈突然精灵地说："哈，这是老郑的激将法！"

我吹牛说了大话后，爸活跃起来，特意带我去见黄浩。我本不愿上否定我的主考官家，可爸说黄浩就是那种讲原则的人，从不肯做违心事，我一听，还有点跟我合拍，就默认了。

黄浩家藏画不少。我正东看西瞧，想发表些谬论时，黄浩的女儿进画室来了。我一看，差点昏过去，竟是我们班新插进来的黄媛媛！她还是我同桌呢！

黄媛媛先是悄悄地站在一边，听清情况后突然悲伤地叫起来："他那么聪明，教室的门锁他都能修，怎么可能画不好画呢！"

她是个文文静静的女孩，唯一的缺点就是爱插嘴。她挺崇拜我，但她的崇拜有点莫名其妙，反正只要她不会的东西别人会，她都羡慕，所以我每周至少会被她崇拜五次。

爸连忙趁势要求黄浩再给我个机会。黄浩沉吟一番，终于答应让我去艺校当旁听生。好在艺校是业余的，星期天才开课。我去艺校三两次后就更能体会得到黄浩的耿直了。本人确实不是那块料，素描时明暗画不准，立体的东西画出来总是扁扁的。老师看完作业，批上"比例失调""轮廓不准"，离老远就扔过来了。爸给我打气，还一个劲地上艺校找老师。

"老师您多提问难难他。"爸反反复复就这一句话，说得人家耳朵快起茧子了。

坦率地说，我虽然喜欢说大话，但不是应付人，我琢磨着一件事自己大概能办好了才说，既然学画这件事我努力一番还不成，就准备一扬眉毛把它忘掉。

"爸，我不想学画了。"我说。

爸不吭气，我最怕他这样。假若他痛骂我一通，我正好能怄气来个我行我素，大不了挨上一顿揍。

我只得每周垂头丧气地上艺校，一遍遍去尝失败的滋味。人在世界上应该不停地变来变去的，可爸不让我变。

薛建辉比我自在多了。他学画不成后又去学了电子琴、唱歌，现在摇身一变，学武术去了。他总轻飘飘地说："世界那么大，为什么非让画图捆住手脚？"

我不由得对他刮目相看。那口气，高深得像个老头，不知他是从哪里批发来的。

"你家老郑真该吊些钾！脑子不怎么清爽！你画的竹像杠杆，他还捧你当画家呢！"

"滚你的！"我大声骂一句粗话，自己先滚蛋了。我心里像少了什么，光窝着一团火。

爸呢，对我的表现了如指掌，但十二分地沉得住气，仍不停地买纸买笔，还买些贵重的彩图书。

"需要什么，就说话。"爸慷慨地说。

"太费钱了吧？"我说，想把话题引开去。

"别想这个，"爸说，"钱不用就是废纸。实现理想才要紧呢！"他点一点头，分外认真。

我忽然鼻子一酸："爸，我并不想画画，太难了，我没那才能。"

老郑痛心地说："再试试好吗？只要这学期过关了，下学期就能从旁听生转正式生了。"

晚上，爸就拿出收藏的那些我的杰作，一张一张品味，还说要裱一裱挂出来。我差点要相信薛建辉的话了。

爸为什么如此痴心！为了他早年的遗憾吗？那他为什么不自己去奋起直追？

一周一周过去，我每去一次艺校，仅存的激情就消退一层，总打不起精神来。艺校老师给我的分数也一次比一次低。这我服气，假如他给我好分数，我非研究他的动机不可。看来，旁听生转正是不可能了。

我有些沉默，这逃不过黄媛媛的眼睛，她肯定心细。能把自己弄得一尘不染的女孩大都细致。她替我打抱不平："你要是参加飞行模型组，肯定是甲级的。"

她真识人，还挺会推荐我。

一天下午，低年级班的几个捣蛋鬼在班里"大闹天宫"。只听轰隆一声，黑板被他们弄下来了，几个人吓得缩在墙角。黄媛媛听说后，拖着我就走。我一进教室，那班里立时鸦雀无声，仿佛救星自天而降。单看这眼神，我也不能推托。我出了身臭汗，手上弄出个血泡，可总算把黑板安好了。黄媛媛又着实敬佩了我一回。她亲口对我说："你真好！"

"一般化吧。"我得有点风格。

"假如哪天你有事要我帮忙，"她用不很相称的女侠口吻说,"尽管说,别担心我会拒绝。"

我没扫她的兴。我有什么可求她的呢?她只会用英文签名,或者用花边手帕包裹碎花瓣。

幸亏我没对她夸口。这次,我果然有事要求到黄媛媛了。她可谓有预见的英明。

爸曾多次跑到学校让班主任培养我的绘画兴趣,可班主任挺为难,出墙报有文娱委员,根本不必我插手。近来,我在艺校的成绩老郑略知一二。他有些灰心,也没再强求班主任给我揽活。可班主任哪知这些?心里老悬着这件事。凑巧,这次临毕业要开家长会,文娱委员考学校未考取市重点,正闹情绪,于是,班主任就把办汇报墙报的美差派给我了。他还特意给老郑挂电话,表示自己是个热情的有心人。事情就这么阴错阳差。

老郑特地买了套出客衣服,当着我的面掸去上面的痕印,指着自己油花花的工作服说:"那天我要风光风光!"

我万分紧张。平日里我画些小猫小狗还有几分像,真要设计个汇报墙报就无从下手了。坏了自己的名气事小,把全班的名气弄坏了,不成了罪人了?

我找薛建辉商量。这家伙近日练武术练得据说是如猛虎添翅膀,很得法,有将来当大师的可能。事业成功,人也抖起来,脑细胞也活跃了。他说:"喂,你找黄媛媛帮忙啊,她不是跟你特别友好吗?"

我装笨,好像听不出那弦外之音:"她会弄这墙报吗?"

"她爸是画家,遗传十分之一给她,她就能画。再说,她在老学校当过文娱委员,外号叫'才女',你想,她能不会画吗?"

我倒喜欢别人把我的崇拜者夸得神乎其神，那样等于间接地吹捧我。我说："拍板了，就让她帮着画！"

黄媛媛还真痛快，我一提难处，她就问："就这一点事吗？"

我想，我会记上一辈子的，她真好。

后来，她把汇报墙报弄出来了，真是出手不凡，那人物、花卉、色调简直称得上一流，发表也可以，贴在墙上，满教室都亮堂堂的。她还帮着一起刷糨糊，热得汗水把刘海儿都粘住了。我想表示一下心情，可嘴笨，一说话就把自己贬得好没分寸："跟你笔下的画比，我可差多了。"

薛建辉还嫌我惨得不够，又加上一句更绝的："他那是浪费笔墨油彩。"

这句话恨得我差点把他给人画猪蹄的事捅出来。他见我龇牙，这才老实下来。

黄媛媛咯咯地笑起来，说："什么呀，我可不会画。我这是求我爸画的。"

"噢！"轮到我们大吃一惊了。

"做错了吗？"黄媛媛说，"我想办得水平高些，让家长同学满意呀。"

"你对，你对，错在我。"我说。

"错在你像老郑，死顽固。"薛建辉趁我不备又补充了一句。

我本该向爸暗示一下此事的，可看着他穿着油花花的工作服忙忙碌碌，看着他冲我笑时那些亲切的、有缝的牙齿，我就不敢开口了。我想，我一定喜欢上老郑了。我从不怕恨的人，只怕爱的人。

开家长会那天，班主任特地让我留下招待家长。他被那墙报深深吸引住了，一直愧疚地打量我，仿佛我是块被他埋没多年的金子。我想说出真相，可薛建辉骂我蠢，所以也就顺水推舟了。

老薛是头一个到的家长，班主任隆重地将我推出。老薛激动异常，又使劲拍打我，他可能也有武功。爸姗姗来迟，穿着那套新装，肩平平的，很像首长。他刚立定，老薛就拖他到墙报前，热烈地祝贺他生了个大才子。

"啊，"老郑说，"可能是老师指导的。"

班主任连连说："哪里，这次全是他自己设计的，真是出乎意料！"

我听得面孔发烫，头一抬，惊出一身冷汗。天，黄浩走过来了！

"什么大喜事啊？"画家笑吟吟地问。

我头晕了。看来，事情即将败露，那我就等着出丑吧，爸会一跺脚跑掉，老薛说不定会给我当胸一拳。

老薛也认出了黄浩，一点也不记他仇，热情地把墙报和创作者吹了一遍，还点着我说神童。

黄浩看了看我。这个好人终于没说什么，只轻轻地"嗯"了一声。后来开会时，他出来找厕所，让我领路。到了无人处，他悄悄地说："愿意听我一句话吗，小伙子？"

我点点头。

"可以试着学许多东西，可要留心找最适合你的目标。你懂我的话吧？"

"当然，"我说，"我不是孩子了。"

"我相信。"他说得干脆、漂亮。

我大受感动,暗暗觉得他是大恩人。可我不会说出来,觉着一说出口,感情反倒一般化了。

散会后,我跟爸一块回家。爸衣装挺括,胡子也剃了,走路目不斜视,仿佛一个要人。我头一回发觉,矮个子也自有风度。

父亲也许还在为我骄傲。他目光炯炯,一言不发。到了家,他就开始理我的画,还清点颜料什么的。

我躺在床上,怎么也无法安睡。真是睡觉难,难睡觉!我快疯了,却没人为我理一理。我不能骗老郑,又不忍伤自己的亲人。老郑知道我的事,说不定会恨透我,到我十八周岁,一定会勒令我搬出家,一星期只跟我通一封薄信。唉,真糟!

第二天一早我就直奔祖母家。她是这世上唯一的一个把我和爸都当孩子看待的人。爸在她面前总有点淘气,不怎么讲原则,可他显然反对祖母对我们两个一视同仁。他常去祖母家,可规定我两个月去一次。我也知道,去得频繁了,爸会威信扫地的。

祖母高大丰满,笑容慈祥,又有一头银发,很像个神仙。一见她,我就泪水涟涟,忍不住把一肚的话都掏了出来。

祖母不动声色地听着,不时地微笑。在她眼里,再严重的事也变得平淡,我真喜欢她的沉着。听完后,她把我拉到门边,把门后挂的衣服取下来,说:"看看这幅画。"

那是幅蜡笔画,用了三色彩,画的是一个长脚杆的飞人。奇妙的是,那很像我的手笔。

"我不记得这画了。"我说。

"那是你爸小时候画的,"祖母说,"其他地方的画都刮掉了，这一幅最好，我舍不得弄掉，就留到现在。"

"这是最好的一幅？"我满腹疑惑。

"你爸他爱画画涂涂，说是想当画家，可……那是容易的吗？"祖母缓缓地说，"世界上还是普通人多，你爸就是。他试过考各种美术学校，没录取，才当了学徒。"

我心里一沉，忽然很难过。我无意中知道了爸少年时的受挫，这对他是个秘密。他跟我谈过不少别的，也吹吹自己，可他从不碰它。我像他，我也不愿向人诉苦。

这一期的艺校终于也要放假了，没人跟我提下半期的事，这证明他们看出我是个明白人。对我恨铁不成钢的那个老师用惜别的口气说："让你父亲这星期天也一起来，开期末联欢会。"

这段时间以来，老郑一直寡言少语的。听了我的通知，他点点头，说："好，我正要去谢谢老师，你从他那儿学了不少东西了。"

"我学得……不够好。"我得给他点底。

"知道自己的不够就好。"老郑笼统地说。

我想，老郑一定忘掉了少年时的碰壁，年代一久，恩怨都淡了，过去的梦就更神秘了。

联欢会终于要开了，教室四壁贴着每一个学员的画，我的新作排在最角落里。这是一幅墙报的报头，设计马马虎虎，笔法也有些嫩，可这是我正宗的自产货。

老郑在我的画前站着，激动得脖子都粗起来，还大声叫好。我躲躲闪闪，正想逃出去，老郑碰碰我，说："善始善终嘛！"

我觉得老郑今天有点反常，来开联欢会还手提肩扛了一大堆书，像要出远门。

图画老师发言了，先提到他众多的得意门生，提够了，突然点到了我的名字，说我基础较差，可挺有毅力，从不缺课，还说假如我愿意，下学期仍可来听课。

我真想同他拥抱，然后说："拜拜！"

爸对着我的耳朵，热烈地说："我为你骄傲！"这是十多年来我第一次知道他有多爱我。他怎么能把感情藏得这么深，一直不露声色？

"可是，爸爸，下学期我想学有兴趣的。"

"我知道。"他说。

老郑真是神秘莫测。

轮到家长发言了，老郑头一个上台。看样子，他是打了腹稿的，说得很流畅。他谈到少年时梦想破碎了（没提四处投考四处碰壁的事），就把全部希望寄托在孩子身上，可孩子也有自己的爱好……末了，他还宣布把带来的一些有价值的彩图书赠给艺校的优秀学生。

全场鼓掌。爸这辈子恐怕还是头一回这么风光吧！

我的心乱极了。怪不？我开始崇拜老郑了。他不是个普通人，确切点讲，不是个普通的爸。还有，我想，他为什么突然变了？这是关键。

开始拍照了，我听见摄影师叫"笑一笑，笑一笑"，等大家散了，我才想起忘记笑了。

出了艺校，我跟爸并肩走着。我跟他的影子差不多，像兄弟，可父亲的脸老了，起了不少皱纹。

我问:"爸,你怎么会改主意的?"

"是你提醒了我。"

"我?"我用手点着鼻子。

"爸逼你逼得太紧。其实你比我强,不喜欢的东西也能学得像样,一旦遇到喜欢的东西,肯定学得更好。"

我的脸皮还不很厚,终于把让黄浩代画墙报的事说了出来。我这人不喜欢心里藏机密,也藏不住。

"我当时就看出了,"爸说,"所以难过,我太强你所难了。"

"怎么会呢!"我大叫起来,"谁向你告密了?"

老郑笑笑,说二十多年前,他们班就是由黄浩出墙报的,毕业时,黄浩就画的这样的报头。

我苦笑一声,继而放声大笑,笑得捂住肚子往前冲。老郑也笑,可他的笑声成人化,很收敛。

所有的过路人都会注意到我们父子那口一模一样的白牙。他们也会笑,但笑的是另一个内容了。

四弟的绿庄园

我当女孩时，想法千奇百怪，有一阵特别推崇吃辣椒不眨眼的男孩，感觉他们坚毅无比，能包打天下。四弟就能大口嚼辣椒，又是家中众多孩子中唯一的男孩，我坚信他会成为大人物。那是种充满善意的深刻期望。母亲更是如此，待他像收了个门徒，不停地教这教那。

四弟驯服地听讲。他双膝并拢，弓着背，只占很小的地方，目光却不与母亲对视，游游移移的，忽而倏地一笑，走神想他喜欢的东西。

他仿佛也寻不到真心喜欢的东西。他的兴趣千种万种，变幻无穷。他先是热衷于扮医生，往我肋上叩几下，开张皱巴巴的药方。母亲大喜，紧忙买回听诊器。谁知不几日他就移情于养蝌蚪，拔下听诊器的橡皮管吸蝌蚪粪。母亲又兜遍全城买回一尊漂亮的瓷鱼缸。哪料第二天他就将那小生灵送了人，缸底凿个洞，栽上棵病歪歪的蓖麻。他就那么恶作剧般地轮番折腾，种种热情都像先天残缺的种子，刚入土就死得不明不白。他的操行终于使母亲的痴情犹如蚕蜕皮，一层层蜕去，最后结个硬茧。

家人爱怨参半的目光仿佛使四弟很痛苦，才十岁他就善于飞眼察看父母脸色，常常低眉顺眼。我有一回远远瞧见他垂头丧气走来，斜刺里跑来个脸色白兮兮的男生，伸手往四弟脸上抽打两下，四弟居然不敢还手，像只地老鼠似的急速逃遁，逃出几米才阴阴地骂声"pig"。整个一天我都失魂落魄，说话口吃，随时都能淌下眼泪。那白脸男生就成为我生平第一个恨过的人，就因为他让四弟那么羞愧地败在手下。

同年冬末的寒潮里，四弟染上肺炎，病愈后竟开始赖学。父母软硬兼施，他却哀哀的，似乎满腹心酸。班主任上门来家访，耸起肩来幅度很大，耸完就说四弟留级已成定局。

我祖父就在四弟眼看垮掉的当儿，从山东老家日夜兼程赶来。我感觉他的红脸膛像初春第一束温馨的阳光。他说梦见孙儿在呼唤。真神了！

祖父身材魁伟，蓄的白胡子及胸，戴一顶晒白发脆的单帽，全身散发着浓烈的劣质烟的辛辣气。祖父先使四弟活跃起来，一老一小凑得很近交谈，鼻尖对鼻尖。祖父弯下身，四弟则挺胸站个笔直，仰脸如向阳的葵花。他的脸毛茸茸的，满是短而纤细的白汗毛。我总想像抚摸一枚鲜果那么去抚摩它。

祖父打点行装那天，四弟突然离家出走，到夜里仍不见踪影。后来，母亲在她的大枕头下翻出四弟的留条，大意是他已铁心去老家，如应允就打开所有窗户表示欢送，否则他情愿讨饭也不回家。父母横商量竖商量，家中的灯彻夜不眠地召唤他。唯有祖父鼾声舒畅，我怀疑他参与了四弟的密谋。

拂晓时父母决定妥协。我跑去打开窗户。远远的忽暗忽明的天光中，有个男孩蹲在旧屋檐下，眼白在暗影中忧郁地闪烁，宛如湿了羽毛走投无路的夜鸟。突然，他瞥见大开的窗户，朝天直直地举着胳膊奔来，带着夜里的潮气飞跑，嗷嗷叫着，气势如一举攻克堡垒的壮士。

后来,四弟伸手向母亲索讨他所有的东西,包括养冬虫豁了边的罐子。他把家什塞进灰扑扑的帆布包,在小腿上还别出心裁地勒上绑带。

送别那天我怕自己会伤感,特意让母亲到时提醒我。火车启动那瞬间,四弟竟满面春风,大作挥手状,弄得家人只好硬僵僵地笑。

母亲是顶不快活的。四弟离她时如此笑口大开让她发闷,他竟没有一点留恋,这铁石心肠的四弟!母亲抻抻袖子,弄好头发。我感觉要让人克制内心汹涌的感情那简直难死了。在春寒裹挟的空车站内,我们伫立许久。我牵着母亲的手,把我们俩两颗空落落的心一颗一颗连为一体。然而,当我踏进家门,一种说不出的惶惑便袭上心头。少了一个人,这个家就缺了一块,从此欢乐会从缺口中逃掉,思念和忧愁会从缺口中闯进来。

祈祷你早日平安归来,亲人四弟。

父母大人在上:
　　见字如面。自祖父携儿一路平安抵鲁已有数日,衣食住行均好,请勿惦念。
　　敬祈,大安!
　　　　　　　　　　　　　　　儿四弟叩上

收到这么封八股兮兮的平安信,我们简直瞠目结舌。四弟怎么变成文绉绉的老先生了?只有父亲沉默着,半晌才说这属祖父的文风。祖父为人忠烈豪放,虽然只上过两年私塾,但因为出自孔夫子故乡，十分注重礼仪，特别对古色古香的书信体怀有一腔热情。父亲说这热情来自他对文化人的崇拜。

那夜全家人毫无睡意，揣着一种欢喜与苦涩交织的情感，你一言我一语拼凑着千里之外的情景：四弟双肘支在炕桌上，紧捏笔杆，祖父念一字，他写一字，他甚至结结巴巴不能将它们读连贯，遇上不识的字，他就用笔杆使劲掏耳朵，祖父呢，用粗大的手指一遍遍在桌面上比画着……可自那封平安信后，四弟竟杳无音信。

春去夏来，四弟遗留在家的种种迹象，犹如一双像纸那么薄的破跑鞋的底，因换季的大清扫被送进了垃圾箱。四弟就像是气味一般，从聚到散。日子一天天擦抹去四弟往昔的种种恶作剧，我发觉他在一天天变得光亮。

寄往山东的信几天一封，但始终没有四弟的复信。难得祖父笼统地复一封，寥寥数语，开头总是"见字如面"。

那个夏季郁闷潮热，气压低低的。母亲下巴颏日益尖削，心里筑起的防线崩溃了，深处的缺憾就泉涌而出。

"又梦到四弟了。"她絮絮地说。

父亲总说："日有所思，夜有所梦。"

"不会出事吧？"

"哪能呢！"

"出事也该说一声，写封信来。"

"别瞎想！"

母亲叹息一声，仿佛面对一个不可挽回的错误。她说当初答应四弟是想让他在外吃尽辛苦，然后浪子回头。她以为四弟过了不几天就会寄讨饶信来的。

然而，四弟如出弓的箭。

终于，母亲忍不下去，写信说思念四弟，希望他照张近影寄来。母亲的聪明使父亲微笑着摇头晃脑，全家兴冲冲地等待着四弟露面。

不久，照片寄到，竟是张集体照！十来个裸着上身的男孩蹲在一个土坎上，一律是长脸膛、一头焦黄发硬的头发，肩膀被耀眼的日光晒得黑黝黝的。照片印得含含糊糊，因此只能隐约看见居中的男孩与四弟有些相似。

四弟和同伴的集体照装进镜框，我分外喜欢他们的潇洒随便。母亲常对着它出神。秋天里，父亲也有些变化。我想，将四弟交给祖父他一定称心，只是四弟那儿渐渐地断了消息。

祖父已有三个月未写"见字如面"了。

母亲又照例絮絮叨叨："又梦到四弟了。"

"我也一样。"父亲说。

"不会出事吧？"母亲还是这句老话。

"我想不大会。"父亲口吻已失去坚定。

"出了事也该说一声，写封信来。"

"会出些什么意外呢？"父亲拼命按太阳穴。

就在父亲承认内心焦灼不安的第二天，北方人的急躁天性使他立即去买了三张火车票。他们带我一道坐上北行列车。列车晃荡向前，一路风尘，我感觉正分分秒秒地接近四弟。

山东的深秋干燥中夹带着寒意。初见四弟我吓了一跳。他穿得鼓鼓的，像个山东大红枣，头发理得像个小老头。母亲对他张开手臂，仿佛怜悯地等待游子扑入怀抱。

四弟清澈的眼光一闪。或许是我们惊讶的神情冷落了他，他躲到祖父宽大的背后，瞬间就传来闷闷的捶背声。

祖父病得很重，但仍坐得笔挺地迎接我们。后来才知，祖父已病下半年多，但从来对我们守口如瓶。

本家的几个婶子先后赶到，大都穿着鸭蛋青的裤子，脸孔明丽。她们带来些鸡蛋、羊肝、猪肉什么的。有的张罗做油饼，有的杀鸡。有个婶子边掐葱头边跟四弟说着话，仿佛她对他的宠爱更不一般，说几句就动手，推他，拍他，在他鼻尖上点一下。还有一个婶子穿梭着大声叱呵四弟去生火，他慢了一步，她便随手往他肩上一拍，他被拍得咧嘴。我感觉她们待他亲昵得像浓厚而又甜过头的蜂蜜。母亲怔怔地，充满惶惑，干巴巴地说："亏你们照顾他。"

四弟屈着一条腿跪在灶口前。火花闪闪，他鼓突的腮油亮亮的，像精神的小泥人。他居然知道烧火诀窍。架好柴，火呼啦一下直蹿出灶台半尺高。母亲搂着我站在边上，他却不肯转脸，只执拗地留给我们一个侧影。母亲的手松了，从我肩上滑下去，我背上的衣服沙沙响一阵。家乡是鲁菜大系的发源地，普通原料也能炒出丰盛的菜肴。然而，母亲却失去常态，不顾应酬，滴水未进。

父亲见势头不对，饭后就很英明地把母子二人推出家门单独在一起。很晚，母子俩携着手进来，四弟眼圈微红，母亲则更是悲喜交集。

"母子相认了？"父亲欠起身笑。

四弟主人似的忙着把我们的提包归在一起："我说话转不过舌头，出口就是山东腔。"

"你为什么不写信？"我问，"不要我们了？"

"谁不要谁呀！"他大人物一般，"我忙呵，里里外外。不是寄照片了吗？"

"哦，那张赤膊的！"

"什么赤膊？那叫光膀子！说赤膊他们会笑话的！夏天种地时照的。种地，流汗长老茧。"

太可怕了！他在家人人捧在手心，到这儿却种地！像耕牛那样辛苦！哦，亏得我们来拯救他！

从那晚起，四弟就不疏远我们，甚至亲热得寸步不离。有一天，他邀请我们去看他种的地。

祖父支撑着同行。大病初愈，他的个子缩小了点，系完鞋带佝偻下的身子半天才能直起。祖父曾是四乡闻名的种地瓜专家，他种的地瓜个大、糖分足。祖父总说是那块土肥，养人。撑到田头，祖父倚着株老树，混混沌沌地睡去，他的睡姿像一个闭目养神的老神仙。

四弟的地是那块肥土中最向阳的南端，才方圆几步，用些小栅栏围起，边上竖了块小牌，四弟在上面写着：我的庄园。

秋日景美，他的庄园洒满旺盛的阳光，他在那儿像一株蓬勃小树。四弟突然蹲下，把一块黏土搓细了。他扒开地瓜秧让我们看，只见细腻饱满的土上，纵横交错着许多裂痕。

"我把力气藏在里头。"四弟仰起脸来，"播种时刨地，夏天锄草，浇水打虫……"

"地瓜熟了。"父亲用脚踢踢土。

"是力气和本事熟了。"四弟大叫道。

我们帮他收获地瓜，它们是淡红色的，新鲜如婴儿。有一个巨型的地瓜足有小盆大小，沉甸甸的，外皮上黏着渗出的糖

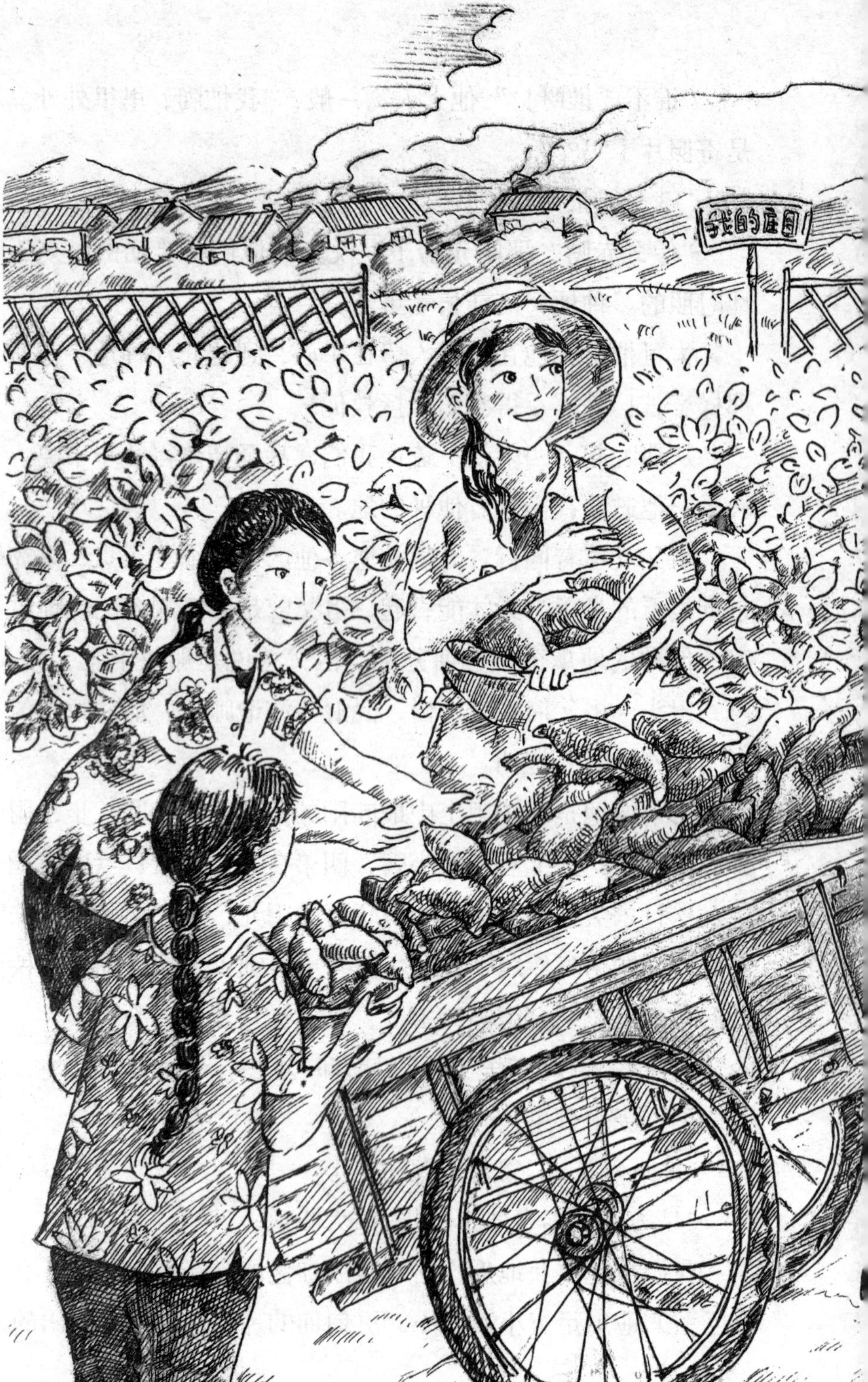

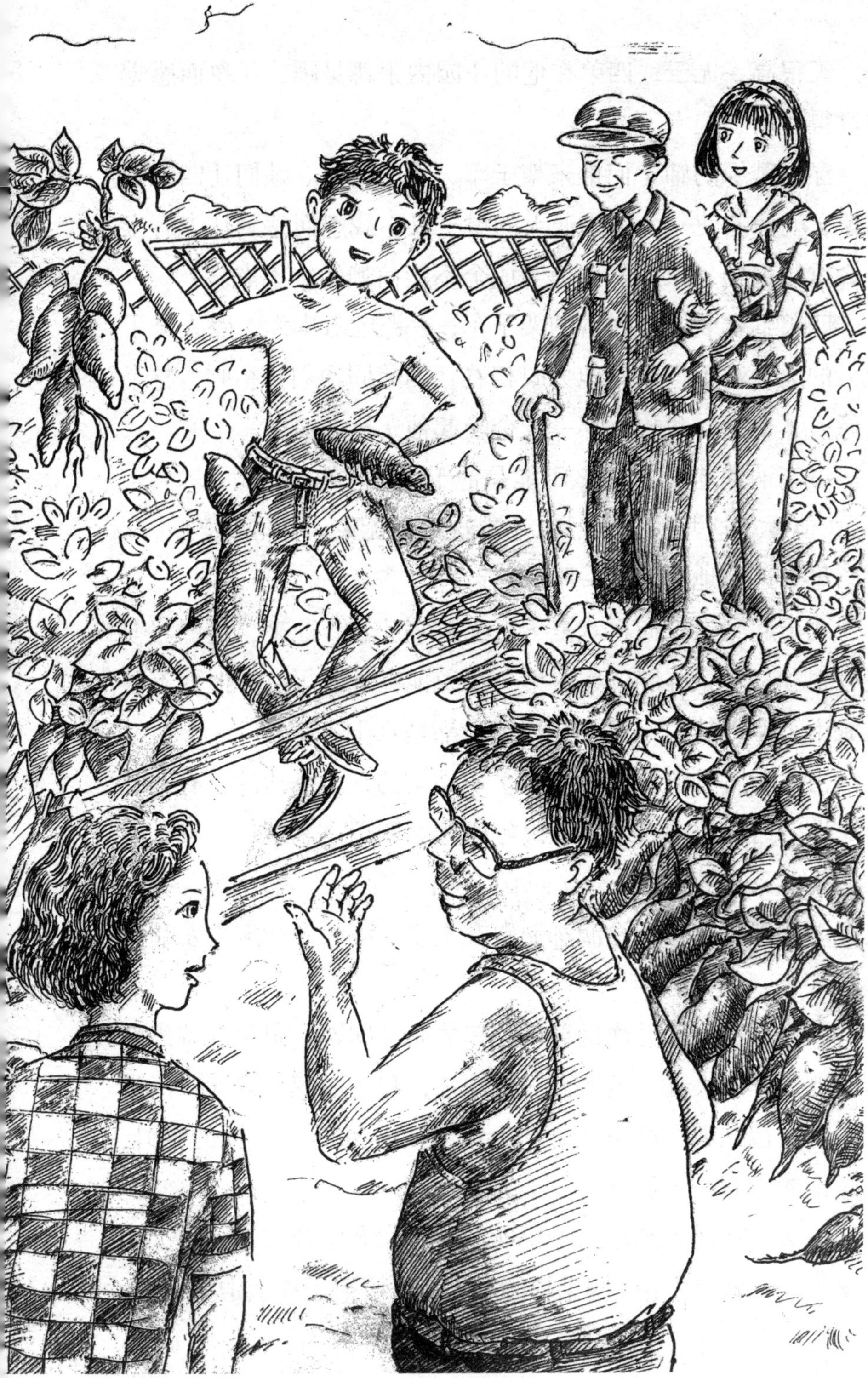

分。天很高，无云，四弟在他的庄园内手舞足蹈，我忽而感觉他过得自由、浪漫。

穿红戴绿的婶子们推来架子车，装上地瓜。她们让四弟去驾辕，就像差使一个本领通天的男子汉。我忽而感到从未有人这么重视过他，家人都把他当成个不能信赖的小不点。

四弟驾着装满他财富的架子车，一路吆五喝六，路人见了硕大的地瓜都不得不对他另眼相看。四弟同他们打招呼，整个儿像换了个人。我想，那一天会唤起他永远的骄傲。

母亲讷讷地说："怎么可能是他干的呢？"

"他喜欢这儿。"父亲说，"喜欢无拘无束。这像我。"

母亲迅速地扫了他一眼。

我记起父亲一向喜欢夏天打赤脚喝凉水，原来，这些习惯还有根源。父亲胖胖的，村里人都说他在外发了迹，但他不喜欢城市工作，他说一口牙全坏了，都是水土不服。

祖父用脚顿顿地，他说地底下是实的，土是活的，有经脉有灵性，通晓它的人才能种出好庄稼。四弟一来就迷上它，能在地里成天地劳作，还喜欢同它谈天。它是一个博大宽深的潭，它把力量和才智还有汗滴都储存在土里，藏久了能酿出发甜浓郁的芬芳。

回村路上，远见炊烟袅袅，多情而又婀娜。祖父的院里卵石铺地，有只大缸，满当当一缸雨水，我忽而感觉被四弟凿了个洞的金鱼缸那么微小，过于精致。他现在可以养一河的蝌蚪，种一亩的蓖麻……那样气度地去爱。

祖父当晚送了支小猎枪给四弟，可以装铅弹打小走兽，说是秋收完毕就可上山。四弟攥紧他的拳，招招摇摇地走了一圈。

父亲忍不住拍拍他,也许忆起自己当年也曾那么大胆、精神、鲜龙活跳。

那是父亲最美的念念不忘的岁月!

我们的归期渐近,母亲三番两次提及,期望四弟能松口。她当着父亲祖父等人的面说:"早点去订票,行不行?"

"好吧。"父亲说,"订几张呢?"

一屋子的人都盯着四弟,他也很敏感,故意用唱歌似的长音说:"丈量过我的庄园了吗?长七步,宽五步。生出五百八十一只地瓜。"

"大小都算?"祖父跟着打岔,"有的才拇指大。"

四弟干脆地答:"是地瓜都算。"

后来,母亲私下找祖父,希望他出面劝四弟。祖父攥着胡子,思忖半天才说:"听凭他决定吧。"

祖父婉转地拒绝了母亲。临别前夜,他把我们叫到跟前。他说命运召唤每个人,人在哪里活着都是有苦有乐,穷也好,富也好,心里不苦遂了意愿就好,一个人一种活法。

父亲连连称是。母亲木木地站着,嘴唇干得像长了层软壳。祖父示意,四弟还是株苗,不一定适应每一种土质,但总有一种合适的土壤让他长得最茁壮。

我敬佩地望着衰老的祖父,想象着他年轻时的风采。许多人违心地离开他们所爱的生活,祖父则固守一辈子。他没吃过饼干、冰激凌,可他充满活力。他从未唯唯诺诺,一生都是个出色的男子汉。

四弟果然执意不走,说舍不得庄园。我想,那绿庄园是他心里积攒的圣土,一旦它荒芜了,他就会变得像冬天一般冷。

临别那天，四弟显得落落寡欢，说话也用小喉咙。去火车站的路上，他挽住父亲的手，不时歪过脸看父亲的表。

火车缓缓动了起来，四弟挥动双手。一秒钟后，他随车疾跑开来，双手迅猛地挥舞。起初，他还与列车平行，后来火车怒喝一声，加速飞驰。四弟像是疯了，双脚蹬地如踩鼓点，横冲直撞疾奔，嘴张得像离水的鱼！仿佛积蓄的情感在这一刻爆发，似决了堤的洪水滚滚而来！

我们探出身子呼喊，只见四弟伤心欲绝地用袖头擦拭眼睛。铁做的火车无情地奔驰，四弟越变越小，最后成为一个小黑点在那儿跳跃、跳跃……

母亲嗓子里很怪地响了一下，她忽然瘫软下来，低声痛哭。

那么多年来，母亲一直是个坚强女神，这一次却挥霍了所有封存的压抑的脆弱……

我们居然匆匆在小站下车，坐了回程车返回。父亲的一顶帽子在探身看四弟时让风刮走了，他说得去捡回来。其实，它檐口都磨秃了，早该扔了。但这是回程的最好借口，所以母亲非常感激他。

夕阳未落，无边灿烂瑰丽，我们径直奔向四弟的庄园。他蹲着，双手撑在温热的土地上。他闻声抬头，惊得一激灵。

"我们来接你走！"母亲嗓音沙哑。

四弟的眼光惊恐地掠过我们的脸，久久停留在栅栏的尖尖上。他嗅到四周浓郁的清香，它们蒸腾而起，弥漫在上空。四弟叉着腿站在那儿，垂着头颅，仿佛在仙境中陶醉了。

母亲又说："答应了，以后不许反悔！"

父亲歉然地叹息一声，说："别逼他。我们是来找帽子的，不是吗?"

四弟伸出舌尖舔舔他的唇,问:"帽子找到了?"

"没有。"父亲看着远天,"有的东西是不会失而复得的。我想,不该返回来找它的。"

四周肃静极了,静得我不敢喘息。母亲威严地站着,极挺拔。四弟显得束手无策,用枝条在浮土上打着"×"。

不知过了多久,夜幕都垂落了。四弟哭起来,愤愤地说:"走就走!"他奋力拔起那块木牌,举止异常激动,怒发冲冠。

他大大地发了通无名火,恼恨地把木牌在地上顿了又顿。我们全都目瞪口呆。

"他恨自己,"父亲说,"力不从心。"

母亲领着他回村,像押送俘虏。我头一回发觉爱也会耽误人,让人迷失。

四弟把木牌和新猎枪用油纸裹好,交给祖父。他垂着眼帘,瘪着嘴。母亲屏声敛气,因为四弟还在等待祖父挽留。

祖父郑重接过油纸包,偏脸换了口气,宽大的嘴唇始终紧抿着。祖父一夜无话,和衣坐到天明。一清早,他捧住四弟的脸庞,只说道:"珍重啊!"

祖父没去车站送别,他说:"送亲人走总不是桩乐事。"说完就留住步。秋风中,他老人家驻足岿然不动,唯有飘飘欲仙的白胡子舞动着。我为有这样的先辈热泪盈眶,只有伟人才这么坚贞不渝地遵从信念。

四弟回家后家中的缺口就补上了。但是,以前有缺口时我们可以用想象来填上它,如今他使整个家都别扭。

四弟开始总抱怨家里挤,要把床搬到院子里去。有一夜下雨，他竟如痴如狂，说他的庄园浇够了雨水。母亲为让他安心读书，请人在院子里铺上了水泥。渐渐地，四弟身上那奇特的精力散了，他总是懒洋洋的，还说为什么不多发明些提神药。

四弟学习成绩平平，做事笨手笨脚，但仿佛是受挫之情在心底翻腾，他老是咕噜咕噜说些责备人的话。我很怕他就这么糟糕下去，总提醒他有过风光的那一刻。我画出了他庄园的栅栏，那木牌以及灿烂的艳阳。他在边上画门大炮，朝庄园猛轰，轰得它浮尘四飞，一片黯淡。"去它的！"他说。他的童音早早消失，嗓音变得不伦不类。

祖父偶尔也来信，母亲让它只流传到父母这一级。父亲读罢信，总要哼哼那支《鹰之歌》。有的人喜欢城市生活，他们快快乐乐；而父亲人在此，爱在彼。他四十五岁了，抱负还藏在一个暗袋里。后来一听这歌，我就隐隐地难受，仿佛那是支忧伤情调的歌，关于鹰的歌词只不过是一行暗语。

一次，四弟去参加学校的野游，很晚未归。后来有同学报信说四弟让校方扣留住了。母亲带我火速赶到学校。四弟浑身土灰，活像个鬼。班主任正在追问他为什么屡次三番往田里跑，拦都拦不住。

"有股香味。"四弟说得斩钉截铁，太阳穴都青筋凸现了，"它往我鼻孔里钻，我就想往那里跑，脚不听话了。我找到那块地坐下，脑子就清爽了。那块地跟我的庄园一样大……"

"红薯地有什么香味呢？"老师大惊失色。

母亲哆嗦了一下，下意识地按住口袋，可那儿并没有特别的贵重的东西。她拍打四弟身上的土屑，急急忙忙把他领回家，交给父亲，然后就一头倒在椅子上。

父亲让四弟写信给祖父汇报近况。他梗着脖子不从,翻着白眼说:"不想写!"

"我念,你执笔!"父亲威严地说。

"祖父大人在上:见字如面,自父母携孙一路平安抵沪……"

四弟一笔一画写着,渐渐地,双肘抵桌,弓着背,头低下去,低下去,仿佛虔诚地俯身重温松软的大地和那沁人肺腑的芳香。

我不知四弟写了多久,半夜醒来,发觉他仍独自疾书,笔尖画着纸,发出动人心魄的沙沙声,似乎饥渴地续补残缺掉一片的童年经历……

红裙子

　　荒唐不？肖申生昨夜竟梦见一条女孩子的红裙子。它飘来卷去光滑得像一阵轻风。红呢，红得纯粹，红得像印象中的太阳。醒来后，他多少有点慌张，蹑手蹑脚地摸到卫生间去。镜子里映出一张睡意未消的脸，鼻子以下、嘴唇以上的那个部位显出淡淡的棕色。糟糕，至少有三个月没照镜子了。从小他就对热衷照镜子的妈妈感到疑惑，人难道会不认识自己？这种感觉一直延续到刚才，现在，突然断裂开。他聚精会神地审视着镜子里的自己。

　　他走在岔路口，不在梦中，因为装着许多初三新印好的教科书的书包就沉甸甸地压在他的右肩上。那两条岔路窄得尖削，像一把锋利的剪刀的两片刀锋。蓦然，他眼前一亮。远远的，走过来一个穿红裙子的女孩，他看不清她的脸，但从那轻盈的步子里，能想象出她有着柔和的微笑以及尖细的嗓音。他装模作样地俯下身去系鞋带，等着她从岔路上走近来。

　　走近了。那条裙子红得耀眼，像裹着的一面旗。他觉得很亲切，也很激动，因为他似乎已抓到了那个梦。

　　"你早！""红裙子"对他说，"你在等王小珏吗？"

　　肖申生认出她是同班的章娜。奇怪！同学两年，他只记得她是个圆脸的学习委员，课间好像爱嚼泡泡糖，时而吐出一个大而白的泡泡。真的，他从未注意到她很美，更没发现她有一条很动人的红裙子。

圆脸的章娜一下子由模糊变得清楚，肖申生甚至还发觉了她脸颊上有两个酒窝，它们很小，圆圆的，像两个句号。这个意外发现使他觉得挺纳闷。

"喂，你怎么啦？"章娜抬起眉毛来。

他也觉得自己有些好玩，就笑笑说："我在想，王小珏怎么还不来。"他朝远处看看，像是一心一意地盼望着好朋友的到来。

章娜说："我也想找他呢。"

正说着，王小珏匆匆跑来，一边把架在鼻梁上的眼镜往上推一推，总之，风度好极了。不过，章娜没在意，正在东张西望地瞧着别处。

肖申生用手碰碰好朋友："小珏，章娜找你有事。"

"是呀。"章娜转过脸来，"王小珏，能帮帮我吗？"

王小珏很紧张地笑笑，一面又郑重其事地点着头。肖申生想，他从未这么干脆过，一般说来，总用近乎冷冰冰的态度来对待别人——好朋友稍微例外一点。

章娜微微笑道："听说你有一本《记叙文三百例》？"

王小珏连忙点头："可以借给你看看。"

"帮我买一本好吗？"章娜说，"我跑了几家书店，都没买到。我太需要它了。"

"好吧。"王小珏说。话音刚落，他又添了一句，"是你自己要么？"

章娜点点头，随即便咯咯地笑起来："越快越好！"

肖申生看出王小珏还想说些什么，可是，章娜跑开了，走到黄健的身边，两个人快步往学校走去。他和王小珏走在后头，听见章娜不时发出清脆的笑声。突然，王小珏愤愤地说："黄健算什么学生会主席，上学期作文成绩刚及格！"

肖申生没作声，他隐约觉得王小珏有了点变化，因为这班里的大才子过去仿佛从没有气愤过，遇到功课以外的事只会吐出两个字：随——便。不过，肖申生今天不打算多想这个，他心里揣着一团让他不知所措的东西。他急着想证实一下自己是否正常。

"你会做些挺古怪的梦吗？"肖申生问。

"梦吗？"王小珏晃晃那令人羡慕的大脑袋。刹那间，肖申生留意到好朋友的脸上跟自己一样，也有个发暗的区域。嘿，他晃完脑袋后才说："梦都是古怪的，这是常识。"

两人并肩走着。肖申生甚至还闻到同伴身上有一股很像汗味的重重的油腻气，他傻傻地笑笑，想起爸爸身上有时也是这股味。

肖申生无缘无故地觉得心情开朗，仿佛美好的日子就在前头等他。奇怪，走到教室门口时，他忽然感到这地方原来窄得要命！

教室里一片欢腾，黄健当然仍是中心人物。修得整齐的小平头，很上镜的微笑，以及白得厉害的衬衣，这一切，都让肖申生感到他像是哪家的小女婿。可是，黄健在女生们眼里倒有特殊的魅力。她们喜欢跟他接近。他呢，摆出一副很深刻的样子，跟她们口若悬河——天知道，说起来一套一套的，可怎写起作文来就条理不清,而且干巴巴的。女生们不管这些,一旦有什么好差事,她们就非常一致地提他的名。男生们么,既然找不出什么特有力的理由,便也拗不过她们,跟在后头附和附和算了。

看哪,黄健挺自负地巡视四周:"我觉得大家的意见非常好,是对我这个学生会主席的支持。至于人选,得多考虑考虑……"

"嘻,打官腔。"有人提了句,大家就齐声笑起来。黄健呢,摇摇头表示无可奈何,说:"好!好!打官腔就打官腔。你们说,哪个女生当副主席最合适?"

没人作声。学校的学生会副主席在本学期一开始就转学走了,于是女生们就老吵着要选个女副主席,可真要问选谁,她们就有些为难,不像选男生那么痛快。

黄健动动肩膀,他一向很注意在女生面前保持良好的形象:"你们也真是的!人家想帮你们把意见带上去,你们又没声音了。"

突然,王小珏冒出一句:"我看选章娜最合适,学习成绩一流,待人也诚恳……"

有一两个声音表示赞同,但不算普遍。肖申生低下头去,很难过的样子,紧接着忍不住也叫起来:"我也同意选章娜。"

女生们反响不大,男生们却一个个跟着很开心地叫:"同意!""坚决同意!"说实话,这回还带上点扫扫女生们威风的情绪。

黄健挺不自然地笑笑。当然,记性好的人都会记得,当初选举学生会主席,章娜是班里唯一投他反对票的女生,后来,选举结果出来了,她还擦过眼泪。黄健当时一笑了之。不久,班里就出来一些传闻,说章娜有小野心,想当学生会主席……好像是最近,他们才常在一起说说笑笑。

"黄健,你同意不?"王小珏追问道。

黄健说:"我当然想咱们班的女生选上去,这也能提高我们班级的声誉呢。"

这句话,又得到了半数以上女生崇拜的目光。

下午放学后,肖申生他们又顺着那条尖削的路一直走到岔道口。该道别时,他忽而发现王小珏满脸愁云,不由得问道:"怎么啦?"

王小珏吞吞吐吐:"我想去买书……能一起去吗?"

肖申生有点犹豫。妈妈病休在家,她脑子里的弦跟家里的钟弦一样,绷得紧而又紧,那回他晚回去一会儿,她就问长问短,常常怀疑他在外头交了狐朋狗友。他懒得解释,所以就掐着钟点往回赶。

恰巧,章娜从后头赶上来,笑吟吟地说:"别忘了答应过的事啊。"话音刚落,那条红裙子就像一阵风似的飘远了。

肖申生心里忽然宽阔了许多,他说:"走吧。"

他们跑了许多家书店,淌了不少汗,最后在一家私人开的书店里买到了——当发现柜架上放着那本《记叙文三百例》时,肖申生发现王小珏像见到久别的亲人似的,近视眼里发出光彩来。他多少受了些感染,觉得老朋友变得高尚起来。可是只半秒钟,王小珏就苦起脸把他拉到一边:"你带钱了吗?我有七角,再凑两角四分。"

肖申生暗想,亏得爸爸昨天塞给他五角。

他掏出钱,心里却想着:回去再跟妈妈要些钱留在身边。等哪天,万一章娜托他买书,他就一个人行动——要是王小珏身边有两块钱的话,鬼才相信他会邀他一起跑书店。

肖申生像是得到了一种召唤,有点理直气壮。过去,好像也跟着妈妈觉着,一切好事都得十八岁以后才轮上——她老说:等你十八岁了,就可以按自己的想法去生活,到那时,我不再对你管头管脚。

该提前几年了,因为他提前长大了。

在岔道口遇上王小珏,他捧宝贝似的捧着那本《记叙文三百例》,脸上容光焕发,偏偏还要做出一副严肃的样子来给好朋友看。

"走不走?"肖申生问,同时却注意着另一边的岔路,在看是否出现那条红裙子。

"走呀。"王小珏嘴上应着,脚却不动,伸着脖子用有限的视力也往那边看。

来啦!章娜果真出现在那条道上,一条鲜艳的红裙子,像一团可爱又热情的火!不知不觉地,他们两个交换了一个会心的微笑。肖申生觉得,同学两年,好朋友当了一年半,似乎还头一回有了很深切的一致。过去,仿佛凑在一块儿只是因为害怕寂寞。

章娜快走近时,王小珏迅速地翻开书的扉页,像是做个最后的审定。肖申生看见,那上头是一行漂亮的仿宋体——愿友谊永存心间。亏得没有落款,否则,肖申生那种受冷落的感觉会滋生开的。

章娜接过书,道了谢,漫不经心地看看封底的书价,然后摸出钱来交给王小珏。王小珏低着头,讷讷地说:"送你吧。"

"那就谢谢了。"章娜挺爽快地说,一面问,"看见黄健了吗?"

"谁知道他。"王小珏说,"人家是个大忙人。"

章娜说:"光忙着表现自己,其他还忙些什么!"

章娜走远后,王小珏说:"看,人家多有眼光!黄健就是那种人。你呀,当初还投他的赞成票!"

肖申生真想反驳几句,那年,黄健比现在踏实得多,说出话来热乎乎的,哪像现在。

"肖申生……"王小珏压低嗓音,"钱,过两天还你。"

"我不要!"肖申生坚持说。一则他觉得这点钱还来还去挺滑稽;二则呢,他认为图书扉页上的留言也有他一份:愿友谊永存心间。

有一个星期了吧,肖申生注意过多次,都没发现章娜翻看那本《记叙文三百例》,他多少有点小失望。他想问问她对那条留言是怎么想的,可惜,她显得很忙,脸上老是汗津津的。再有,王小珏反对他这么干——他推推眼镜说:"别多嘴多舌的!她准是把它珍藏起来了。"

这天,轮到肖申生跟黄健一块儿值日,黄健照例要在这当儿做出很沉重的表情:"怎么办?我还得去找学生会的人商量事儿。"

"怎么老有事儿!"肖申生在"老"字上拖个重重的音。黄健这家伙,老逃避这苦差事。

"哪天没事呢!"黄健说,"我也在为这个班出力呢。你们想把章娜选上去,说句同意就行,可大量的具体工作谁干?"

肖申生问:"章娜有希望选上吗?"

"首先要争取进入候选名单。"黄健急匆匆地理着书包,"反正,我会尽力而为的。章娜不错,挺关心同学……好,等会儿你锁门吧,我把书包背走了。"

黄健走后,肖申生开始打扫教室。忽然,他发现有张书桌里有样东西,一伸手,摸出一本《记叙文三百例》。他心里一动,翻开扉页,呵——愿友谊永存心间。这本书还是崭新的,新得像从没人翻过。

章娜怎么会把它忘在这儿了?对,这明明是黄健的座位。他胡乱地想着,脑子里变得满登登的。后来,他终于在书中翻到一张署名是章娜的字条,上头写着:这是特意为你选购的。

不知章娜是否翻看过扉页?肖申生心里涌出一股痛楚的感觉,还发苦发涩。

更可惜的是,那条留言被遗忘在书桌里。

学生会主席的候选名单公布了,章娜果然榜上有名。这两天,她对所有人微笑。王小珏这近视眼,乐滋滋地对肖申生说:"章娜老是朝我笑,会不会笑我不该在扉页上写那句话?"

"不会。"肖申生冷冷地说,"选举马上要开始了,她希望大家投她的票!"

王小珏说章娜不比黄健差!

肖申生忍了会儿,才说:"她也许还不如黄健。"没等好朋友发脾气,肖申生把事情全兜底翻出来。

王小珏听罢一言未发,只是挺难看地撇撇嘴,然后推了推眼镜,一屁股坐在座位上。

当天下午,各班都在选举。肖申生注意到,当黄健念到章娜的名字时，王小珏高高地、很坚定地举起手头一个表示同意。但是，他的眼神有点黯淡，仿佛是在为一件事完成个结尾。哦，肖申生猜想，他是在为自己已经提出的倡议尽责任。从今往后，再遇上这类事，也许他又会像以前那样，从嘴里吐出两个字——随便。

肖申生也想举手，可是那团红得似火的颜色，像一块沉甸甸的石头，直直地挡在他的眼前。他发现章娜在巡视四周，很快，她的眼光与他的眼神相遇。她给了他很温暖的一瞥，可是他却仿佛听见她在说："光忙着表现自己，其他还忙什么！"

黄健一个劲地问："还有没有？同意章娜的请举手呀！"而且，他那张平素不慌不忙的小白脸上，现在也急出了密集的小汗点。也许，他念过那条留言？

肖申生忽而觉得黄健不怎么讨厌：要是没这么多人高高地捧起他，他说不定是个很真诚的人。谁知道呢！

临放学时，选举结果出来了：章娜落选了。差一票而未过半数。

回家路上，肖申生和王小珏谁都没搭理谁。

第二天傍晚，肖申生收到一封信，是王小珏写的——尽管他们两家才相隔五百米，可是王小珏还是让这封信到邮局兜了个大圈子。信上只写着两个字：谢谢，外加一个大得出奇的惊叹号。

后来，当他们再见面时，都没想到要提起这封信。但是，两个人的交往却比过去密切多了，好像是那个强烈的惊叹号在默默地起作用。

从那以后，肖申生有时仍会梦见美丽无比的红裙子，但它不再飘曳,而是变成一个固体,仍是红的,也不像石头。

他醒来后,总是觉着,更美好的日子还在后头,正远远地朝前赶呢。于是,每天经过那个岔道口,他不再东张西望。

有一天,穿着红裙子的章娜迎面走来,肖申生突然发现,那条裙子并不鲜艳,可能褪了色。

这以后,肖申生常听妈妈叹息:"你变得难管了。"

"我长大了。"他平静地说。

莘莘的日记

莘莘在十岁那年的春天,突然萌发了写日记的念头。

她揣着一本硬邦邦的记事簿,走到东,带到东,走到西,带到西,仿佛它成了身体的一个附件。

她还时常会显宝似的翻开她的日记给我过目,那上面是一些童稚小语,诸如:白骨精的妹妹叫黑骨精。有时写:下雨了,不下了,又下了,呀呀呀,又不下了。

日记有一个人的心中独语的意思,使我没法怠慢它。每次接过它时,莘莘守在边上注意着我的表情,见我笑起来,就上前勾住我的胳膊晃一晃,说:"妈,你笑了!"

她黑黑的眼睛,活泼的神采多么熟悉,我拉过她,立刻闻到一种像是从心灵里焕发出来的小孩的芬芳。

"有日记记我很开心。"莘莘说着,顿了顿,晃晃肩,在思想,"其实,也不算开心,只能算还可以。妈,我能不能把倒霉的事记在日记中呢?"

"只要你愿意。"我说,"日记就是记心里发生的声音,跟自己谈心。"

"真的?跟自己谈心。"她欣喜地说,"多好呵!我就写喽?写选大队委员的事。"

自那天后，莘莘没再把日记给我看，我也没有刻意想去寻她的日记，童年发生的这个事，那个事，对小孩来说桩桩是难以释怀的大事，大人一看，就是闲情逸致了。

隔了几天，莘莘早上换校服，竟忘记把她的日记本藏进衣袋，我替她收起来时，瞥见封面上添上了她的名字，还有几行蝇头小字：除了本人谁也不许看！看了就是猪狗，是猪也不能看，是狗也不能看……

"莘莘，为什么要写骂人的话呢？"晚上，我问她。

"会有人偷窥的。"莘莘不好意思地笑笑，讨好地说："妈，我不是骂你，你不会偷窥的！"

"你写了骂人的话，'有人'就不偷窥了？"我问。

"当然。"莘莘天真地说，"谁愿意变猪狗呢？"

后来我才知道，莘莘同学庄文缠住她，问她索讨日记看。莘莘不答应，庄文说："哼！总有一天，我会看到的。"

莘莘心里担惊，想着怎么才能保守自己的秘密。

她的秘密在她看来是独一无二的，留给自己的，她得把企图闯进来的人挡住，关在外面，她采用的是这种诅咒法，她相信别人与她一样，会害怕这个。

我担心这是条下策，便劝她说，如果这日记果真重要，不妨留在家里。她摇摇头，还是喜欢揣着它走，那样，一伸手就能触及发硬的簿面。她相信自己的眼睛，东西贴身搁着，在视线底下才最为安心。

这令我想起庄文的奶奶，老太太每次出门总在腰上缠一个软软的腰袋，忙碌着发放牛奶时，腰袋在肚脐上下摩挲着，她跟人说着话，会腾出热乎乎的手心抚住它，一年四季，风雨无阻。

当人有了最为珍惜的东西，离它寸步远就感到心慌时，才会那样手足无措，战战兢兢呵。

那天上体育课，四百米跑步测验，莘莘的速度总是上不去。
"你在想些什么！"体育老师有些不悦，"重跑一次！"
这回，莘莘被安排着与常戚一同跑。
常戚这个名字是父姓与母姓的复合，她从不避讳自己的爱憎，就是有点小小的乖戾，说动怒就把小脸板下来。这个女孩从不好好吃东西，饿了就嚼些零食或干脆面，渴了就喝饮料，瘦得像一根干麦秸似的轻巧。

常戚的体能很差，她跑步时，膝盖一屈一屈，人像叶子一样飘忽。她很快就落在莘莘后面，莘莘像是不忍心似的，跑几步回头瞭望一眼常戚。待到达终点，老师揿住秒表，耸耸肩，两手一摊说："不及格。"

"再跑一次好哦？我快点跑，一定。""不及格"在莘莘心里是一个晴天霹雳，她的声音里充满乞求，脸上的汗珠都挂下来。

"好吧，这是最后一次。"老师说。
为了轻装上阵，莘莘把外套脱下来交在常戚手里，那衣袋里装有宝贝日记簿。常戚是可以信赖的，喜欢四处看风景，目光永远像在兜风，散淡得很，常常心不在焉，即便把日记本摊在她面前，她都懒得翻看。

莘莘独自跑，她闷着头，寂寥而又顽强地撒开腿，不必左右顾盼，她无牵无挂，居然跑到了"及格"的成绩。

莘莘开始找常戚，一路寻到教室。她撞进门，问常戚说：

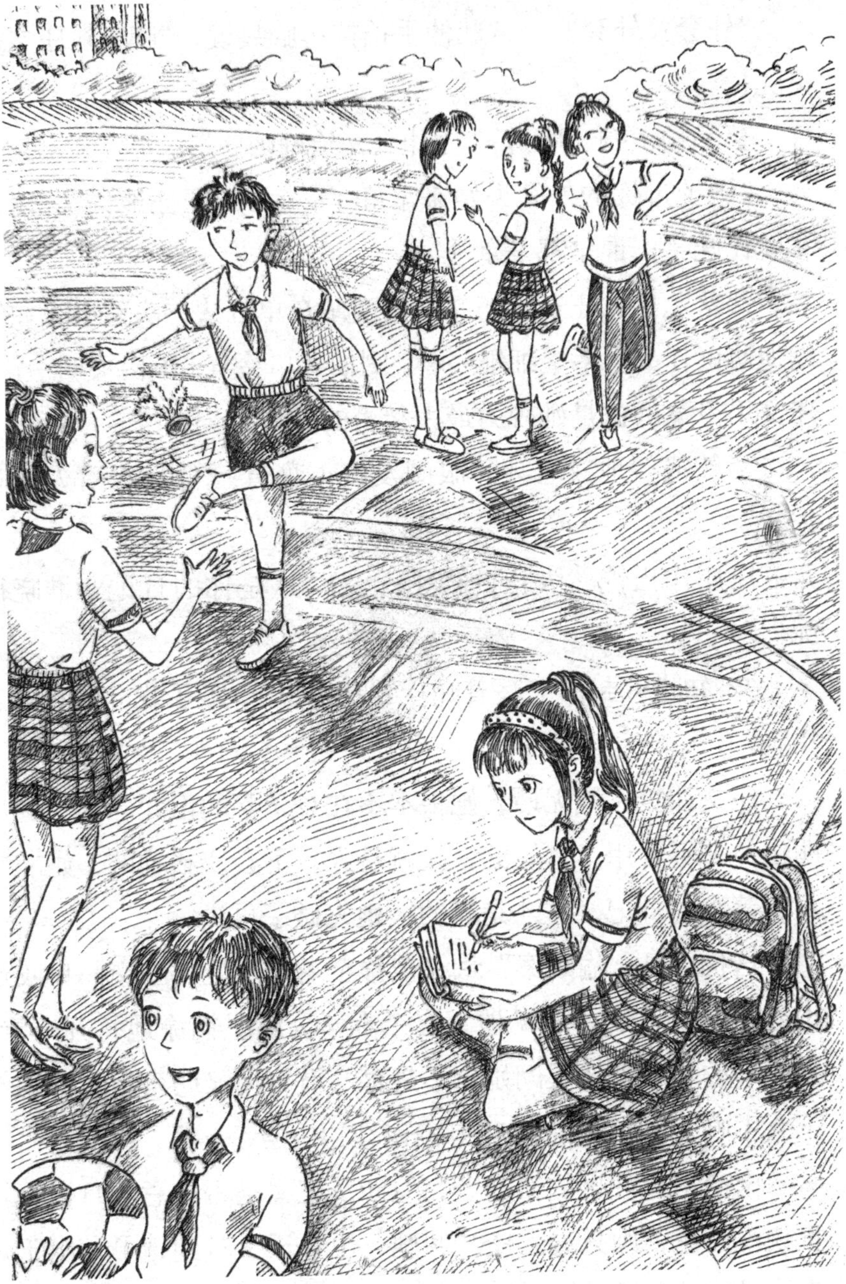

"我的外套呢？"

"外套？外套？"常戚伸手拍拍小脑袋说，"噢，在庄文那里呢！"

莘莘顿了顿，叫道："凭什么交给她呵？"

"她扯过你的外套说她来拿好了。"常戚怔怔地说，"她想拿就让她拿。谁拿都是拿呵。"

莘莘急忙找庄文。庄文和南南站在单杠边，头碰头，在细细地研读什么。莘莘细细一看，倒抽半口冷气，不由哭叫一声：庄文手里拿的正是她视为最大私密的宝贝日记。

莘莘绝望地咬着牙，眼圈发红，吼道："凭什么看人家日记？"

庄庄作出恍然大悟的样子。说："这是你的日记？谁晓得呢！"

"不知道？封面上写着呢！"莘莘说，"除了我，谁看谁是猪狗。"

庄文讪笑，她无谓，她根本不在意莘莘的诅咒，因为她最明白，那不管用，是假的，人就是人，不会变猪狗的，她非常想看莘莘的日记，这才是真的，她先做了再说。

这桩"日记偷窥案"最终被移至老师手上。庄文一口咬定说她不是存心的，她见地上有个本子，稀里糊涂地打开来看，是无辜的。老师便反问她，不是存心看为何又叫南南看，她勾下头不响了，嘟哝说："正好南南在边上呀……"

南南是这件事的目击者，但涉及庄文是否故意看日记，就推说没注意，她只透露庄文叫她，说本子里写到她了，出于好奇，她这才瞄了几眼。

莘莘站在一边默默掉泪，像是被伤着了。老师问她日记里都写些什么，她嘴唇哆嗦着说不出一句话，她是不愿提及受伤的尊严，也是还没反应过来：为什么宁静的生活从手中滑掉，阴错阳差，变成现在这样子，不可收拾。

老师批评了庄文一通，安慰了莘莘几句，接着劝她们拉手和解。

庄文露出点嬉笑，朝莘莘伸过手来，可是莘莘看见她的手又痛哭起来，委屈地把手背到背后。她觉得这样不公正，这只粗鲁地扰乱过她的手，她拒绝去握。

当晚我去接莘莘，老师把我叫住，说了事情的原委，口气里仍责怪庄文不好，但委婉地批评莘莘心胸狭窄，不肯宽容他人。

"给莘莘点时间好吗？"我说，"她需要时间慢慢去想，直至找到答案。"

莘莘瞥见老师叫住我在谈话，认为都是自己拖累了我，不由流下热泪，她说即使她和庄文都有错，可错法是不一样的。我劝了她好久，她才安静下来。当夜，莘莘又旧话重提，她像是选不到合适的词，便用手指点了点心，说："妈，我这里难过！"

"睡个好觉。"我说，"先把不开心的事放一放。会过去的，世上最大的要算宇宙，可人心更大，因为它能装下全宇宙。这件事，和宇宙比，是很小了的吧？"

她懂事地点点头，说："唔！"

我见她垂下眼帘，便轻轻地把窗帘的宽边合好，悄声离去。

"妈！"她突然昂起头来，小声说："你送送我好吗？"

莘莘把每次入睡都当成一次长长的跋涉，从小就是如此，休眠对于她仿佛是一种丧失意识，是进入混沌，是暂时的与世界的离别。

"你看着我睡着再走好吗？"她恳求说，"我很……孤单。"

我体会得到袭上她心的那种无助、凄凉的感觉，受挫的小孩永远需要热忱的慰藉。我说："等你睡着后我还会再坐上一会，放心睡吧！"

她伸出凉凉的小手指牵住我，带着历尽辛酸的口吻，感慨地说："妈，你为什么这么好呢？"

我知道她说这话的意思是，为什么外面那么可怕、古怪，她是害怕呵！

这"偷窥日记案"留下些许棘手的后遗症。

南南开始有意疏远莘莘，所说的"有意"，是她并非有所掩饰的疏离，而是动静很大的，掺和进夸张、强烈的感情，她说些折磨莘莘的话，让莘莘意识到正在饱尝"报应"。她说："我最讨厌别人写到我！"

莘莘在日记里的确写到了南南。

那是前一阵，班级推举大队委员候选人，要从南南和金藾中推选一个。莘莘很为难，南南是她"幼儿园同学"，她能干、厉害，学习成绩令人钦佩，莘莘对南南，从不亲近，总是有些仰视。而金藾，虽是转学过来不久的外来女生，但健康、活泼，平易近人。思忖后，莘莘悄悄投了金藾一票。她为自己的"大公无私"自豪，特意在日记里沾沾自喜地提到了当时的矛盾心情，所以会有南南和金藾的大名。

不久，莘莘与庄文和解了。她们并没有通过握手言和，而是不知不觉就在课间一块玩了，那是典型的儿童方式，相比之下，南南反倒成为莘莘的对头，她到处说，莘莘很不要脸，在日记簿里说人坏话。

再后来，莘莘为了澄清她不卑鄙，不得已，举着日记本让老师和金蘋过目，那曾是她是最不愿公开的事，但她找不到更好的保全自己的办法，她不得已呵，她急着改变别人眼中的自己，而顾不上自己的初衷。

她的小脸被泪河覆盖，她一面那么做，一面又耿耿于怀。

那次之后，莘莘的衣袋里再也不揣日记本了，她把秘密藏在更深的地方：她的心里。虽然锁在心里很重，但她忽然明白，心里能设防。谁还能任意劫走在心里藏的宝贝呢？她心里时而冒出抒怀的热望，每当心里感觉沉闷不得不写时，她也写起来，但她记东西时往往是用代号，比如Y，X，有时则是带点丑化的暗语，"小鼻孔公主""矮子大侠""大嘴哆来西"。

她将日记的簿面上幼稚的警示擦净了，她发现这是虚妄的手段，就像美好的花丛外拦起一个矮小的栅栏，只能拦住好心肠的人们，许多的人，心肠硬着呢，他们会一个大脚跨过栅栏闯进来，践踏它。

现在这样，她就放心了，即便有人闯进园子，也无法采撷珍贵的花了，因为园子里只有些草，不怎么怕踩，她是怕极了，再遭人"偷窥"她的隐私。看她这样我很难过，很怕事隔多年，当她本人来翻动这日记里，也会辨不清当时最真实的心灵轨迹，她将遗失它们，再也无法失而复得。

设防的心灵，既是抵抗外人，也是蒙蔽自身呵。

我给莘莘买了一本带锁的日记本，让她留在家里用，可以上锁，也可以拿掉锁，人是需要有面对真实的自我空间的，磊落的，真情的，她得明白，这是正当而有尊严的事。

莘莘收下本子，看了看细巧的钥匙，笑笑，说："妈妈，我还是不想再记以前那样的日记了，我在这本子上写小说行吗？"

"写小说？"

她笑着点点头，说："不发表的，只给自己看的小说。金蘋说，那样最保险，金蘋就天天写小说。"

我断定，她们一定只明白小说的皮毛，她们只需要借用小说证实自己所记的是"纯属虚构"，把真情实感掩头藏尾地放进去，以真乱假，或胡乱按在角色的头上，不露真相。她还是后怕，她受到的伤害超过了她能够承受的。她从金蘋的做法得到了暗示。

那一阵，莘莘最为庆幸的事就是她的另一桩秘密没写在被翻看的日记里，她说："那件事，要是给庄文和南南知道就不得了了。"

"那么严重呵？"我说。

"关于'他'的。"莘莘神秘兮兮地说，"一个男同学。"

听她的口气，那个"他"又会是谁呢？是些什么事呢？

南南对莘莘的不满却始终没有消却，看似女孩间的不明不白的小积怨，实际上却更为猛烈。

班里有一本《班级的日记》，由五个中队干部每人记一天，一周记一轮。南南记《班级日记》时，一般不记普通队员的名字，她所记的都是班干部郑小愉他们的违规行为。不久郑小愉他们奋起反抗，专挑南南的过失大记特记。

一轮下来，南南便饱尝了"触犯众怒"的滋味，她的名字频频出现在《班级日记》的犯规栏里，连欣赏她才干的班主任也皱起了眉头。

南南是个聪明的女孩，她天生就知道当着什么人该说什么话。我听她对她的母亲说，那些班干部是"公报私仇"；她对班主任则说，我一定注意。反正，从某一天起，她的名字神秘地从《班级日记》里消失，不再被记大名了。

"南南很不好的，她跟郑小愉他们订口头协议的。"莘莘告诉我说，"南南对他说：我不记你名字，你也别记我；否则，你记一遍，我会记你更多。"

几个班干部默认了这"互惠互利"的条件，他们"说好了"。

南南只对一个班干部不做妥协，那就是金蘋。

南南和金蘋维持着面子上的客客气气，两个人有事说事，公事公办，既没有女孩间的亲密，也从不当面发生龃龉，对峙着，是一种非常体面的面和心不和。

她在《班级日记》记金蘋的过失时，往往是证据确凿，言简意赅，把金蘋当对手精心对待，而记莘莘名字时，则是大刀阔斧，胡乱"砍杀"，她写莘莘：上课跟同桌说话；往嘴里塞润喉片；对常戚做过七次手势；老师没说翻书就翻起书来，还对别人使眼色。

在南南的笔下，莘莘是那么讨嫌，自说自话，一无是处，南南像是有意这么激怒莘莘：她故意还把自己记的《班级日记》翻开让大家看。莘莘的确很在乎，气呼呼的。她气自己的名字被记倒是次要，主要是气恼自己的"官"没有南南大，只好一言一行受其牵制监视。

金藐她们守在莘莘身边，不可能去与南南闹翻，她们都是些胆小、谨慎的女孩，天生不爱揽事。金藐从不与南南正面冲突，不进攻，只是固守。常戚算是最肯出头的，她觉得南南飞扬跋扈，她带着小恶意，悄声骂南南是"南瓜饼子"，大家听后，会心一笑，正笑呢，南南跨进教室，大家吐了吐舌尖，忙岔开话去。

有个男生特别同情莘莘，他就是郑小愉，每次轮到他记《班级日记》，就会在上面记几句公道的话，说她几句好话，他轻轻一笔带过，不卑不亢，也不惊动南南，但转弯抹角地以微弱的声音替莘莘正一正名声。

"他还是挺好的吧？"莘莘念叨着，感慨着，"他要是个女生就好了。南南为什么对我那些不好呢？应该是女生帮女生，男生帮男生呵！"

她真是为同性间的敌意伤心，为被另一女孩敌视而忐忑不安，她情愿这种不相容产生于她和男生之间，因为她视女孩为"同类"，更注重得到同类的看好与认可，而对来自男孩的肯定带着淡淡的不屑。

莘莘有意躲开南南，每天都央求我早点接她。那一阵的莘莘，像只小蜗牛，小小的触须探到点响动或发觉潜在的危险，就将身子缩回最安全的栖身地。

我总感觉，她给予我的真情既是一个孩童对于母亲的热爱，还有碰壁后的无处可给的深厚友情，这个失意的小孩把想索要又想付出的种种情感都一股脑儿掏了出来，交在我手上。

我鼓励她，让她试着多交往同龄朋友，那才是她快乐的源泉。

春末时，莘莘的学校组织佘山少年活动营地，前后三天，要在那儿住两晚。

我心里一震：莘莘能行吗？

宣布这一消息的当天，我去学校接莘莘，见家长们站在走廊里交头接耳，压低的声音里透出人心惶然的气氛。妈妈们说，孩子自小到大没有独自睡过，她挨着母亲才能安眠；也有的妈妈是另一种担忧，眉毛轻蹙，带点犯愁，谈及孩子成天就像魂没带在身上似的，端汤，汤碗要翻倒跳舞，打墨水，墨汁瓶会从手上掉落在地，球儿似的满地打滚，就连坐在凳子上也不安生，摇摇肩，不知怎的，身子会倒地。

南南的母亲祁娟含笑地听着，用闲适的旁观心情插一两句话。她的南南是个极为能干的女孩，走到哪里未必特别好，但总是会比别人稍强些。

"你父亲好吗？"她照例对我寒暄。

每一次，我都会郑重地把她的问候带给父亲，父亲稀罕这个。他一向淡泊，好静，看重气节，我的父亲曾是祁娟的领导，当时她是个助理工程师，常来我家打听分房子的事。父亲从不叫她"小祁"，而是尊称为"祁工程师"，他对有专业的人格外看重，不把他们当成下属，平起平坐。

祁娟分到房子后，曾来电话，打听父亲何时在家，她说不知道父亲缺什么，到时有个信封请父亲收下，里面装着些"小意思"，推来推去很难为情的。

父亲惊着了，他甚至觉得伤及自尊。他说："你不能来，不能这样做！"说完就挂掉电话。他要避免，他不想亲身经历一场难堪的推辞抵挡，那一阵的节假日，他大白天把铁门锁起来，令全家踮起脚尖走路，做出家里人不知去向的假象。他更倾向于过心安理得的日子。

果然，祁娟再也没上门来过。

我们正谈着，南南跑出来了，听着我们说话。南南是很奇怪的，她也喜欢在我面前说莘莘的不是，她对我亲亲热热，仿佛是把我与莘莘割裂开来看待的，从不卷在一块。

然而就是这一次，她忽然仰起脸问："莘莘的外公就是莘莘妈妈的爸爸喽？"

"这也搞不清楚呵！"祁娟怜爱地嗔道。

"谁搞不清楚呀！"南南把脸落下来，说，"只是不高兴去想。我渴了，买雪糕去妈妈，我想一口气吃上十根。"

我笑笑，庆幸自己从没用评判大人的眼光去看南南，她长着个大个子，一脸精干，仿佛万事皆精，咄咄逼人，可骨子里仍是一个忽略人际关系的小孩。

莘莘要像鸟儿似的飞出去住了，她不能只是一个躲在我羽翼下的小东西。

回家后，我替她理好了两包衣物。第二天，快望得见学校了，她把包拿上去自己背着，左肩一个，右肩一个，还用手护着。她仰起脸问："妈，我没事吧？"

"没事！"我说。她点点头，复述道，"没事！"像是为自己壮胆，做出点"打起背包就出发"的豪迈。

"妈，"她又问，"我不在家，你会有问题吗？"

她真把我当成留在家里的老朽了！不过，她说这话时慢慢变得开心起来。

有一个妈妈特意给孩子"私带"了只手机，令他不准关机，悄悄掖在兜里，以便随时遥控指点。

那只手机成了全班的公用物品，同学们私底下传来传去。听说这孩子的妈妈连一个电话都未拨通过，只因永远是忙音，直至夜半……

那天晚上，莘莘也用这手机打回来一个电话，她在那头老辣得像个异乡客，叫着："喂！是家里吗？"她说白天还可以，挺开心的，就是天气实在太热，去挤公用浴室洗澡，结果轮到最后一批，出来时，发现浴室地板上到处是脏衣服，还有单只的袜子，被遗忘的东西都快堆起来了，全是那些糊涂虫落下了。她又说，就是眼看晚上到了，挺可怕的，她未能和金蘋她们分在同一个宿舍，而是和南南住一起。

黑夜对于一个离开家的孩童像一个黑黑的难见天日的阴森山洞，她一定害怕陷进去，何况，身边还有一双不怎么友好的眼睛。我心疼地安慰她，说不要多想，一觉醒来会发现天已经亮了，很快出太阳了。

第二个晚上，莘莘没有任何讯息。事后得知，她并非融入了少年活动营的生活，而是那只手机没电了，被迫关机了。

莘莘从少年活动营回到家的那天，像要造反似的大发脾气，说家里人让她丢尽了脸。南南又翻脸了，她对莘莘说，她妈曾给莘莘的外公送过一信封钱，很大很大的一笔款子，差不多能买半架飞机。她还说，莘莘的坏是跟外公学的。

莘莘在那儿气哭过，回来后非常怨恨，说："妈，你爸爸怎么是个贪心的家伙呵！我们不认他了吧！"

莘莘对血缘、家族的概念本是较为模糊的。她绝情地说着外公的坏话，她急躁地要修补、洗刷耻辱，气咻咻的，心潮难平。她不知如何克制自己。这也是小孩常常失礼，没大没小的缘故。

我对她说："南南的话不是事实。"

她尖酸地说，"咦，肯定的呀！你帮外公！是他把你辛辛苦苦养大的呀，你当然向着他。"

"原来你明白这个道理！"我生气地说，"外公把妈妈养大，妈妈又把你养大。然后，就凭某个同学一句闲言，你就把我们全部看成是不公正的人。你为什么不相信自己的眼睛和判断呢？"

她眨巴着小眼睛，半天没冒出一句话，我们母女第一次不欢而散。

我为这事郑重地找到祁娟。祁娟听后懊恼得直说"哎哟，哎哟"，说当时跟南南爸爸商量往信封里装钱时，南南尚小，问起这点钱够买一架大飞机吗？祁娟打趣地逗她说，大约能买半架。过了一阵，南南吵着要买珍妮娃娃，祁娟见她像买上了瘾，娃娃够多了，便不让买。不料南南就问：是不是把钱都送给一个老公公了？祁娟就说：是又怎样？她未加理会小孩的童言，谁知南南会牢牢记到今天，还翻了老账。祁娟说，她一定要让南南向莘莘收回这话。

我想说，世上的事就像一个套一个的链，有了一个不纯洁的环节，谁知一不留神就结出令人瞠目结舌的怪结果。但责怪祁娟又能怎样。许多人都各有难处，有懦弱，容易被偏见所左右，所奴役，也容易制造偏见。

我对父亲隐瞒了此事，既然我不能为老人做什么，就给他一点安宁和自得吧，让他生活在他酷爱的明月清风的境界里。

大约几天后，半夜里狂风乍起，一会儿响起了炸雷，响得像要在空中开花。莘莘抱着她的小枕头和小玩具，"拖儿带女"一阵风地冲进我们房间来，手忙脚乱地爬上床，在我旁边躺下来。

雷声滚滚，闪电不断，莘莘窝在我身边，一手拉着我，凑在我耳边小声问："妈妈，老天爷是不是怪我错怪了外公呵？它发火了。"

她已初步学会用道德与良心约束自己了！我说："南南对你说明真相了？"

她说："南南说我外公不喜欢钱，他太有钱了。"

一件有非常深刻内涵的事竟被最大限度地肢解了，浅化了，变得模糊，轻描淡写，啼笑皆非。

"妈，其实我不愿外公做坏人的，"莘莘说，"因为他是你爸爸，还是我爸爸的丈人！"

我摸摸她的头说："我相信莘莘是个懂事的孩子，希望她更坚强，更明白，因为她是我爸爸的外孙女，我婆婆的孙女，我丈夫的女儿……"

我们就在这雷雨交加的夜里，苏醒着，默默等着下一个惊雷炸响，有一句没一句地交谈着对于亲情的看法，渐渐地，心里有了暖意。我对莘莘说，再大的坎坷、误会总都会过去的，犹如今晚的雷雨，重要的是，心中无畏。

伟义的心

不管在什么时代,男孩的天性里大抵都会冒出不甘心的火花。

伟义是翩翩少年的那会儿很贪玩,骨子里是随性的,散漫的,有了闲工夫会溜到红霞烟纸店,去喂一只猫。

这只猫叫"海军男"——公的,长着一身带条纹的皮毛,深一道,浅一道地间杂着,乍看像套着一件海魂衫。它眼珠一只水绿,一只翠绿,水绿的眼睛总在神秘地眨动,像有绿色的水波在涌动,幽灵才配有这样的眼睛。

它时常睁着水绿色的怪眼看伟义,叫一声"阿伟"——它很亲昵,是熟练的口吻,家常便饭一般。伟义注意到,它从不对着别人喊"阿伟",说明不是猫的口音含糊。

真是再诡异不过的事,第一次听"海军男"亲昵地叫自己"阿伟"的时候,伟义刚好坐在店里装万金油的纸箱上,惊得浑身发冷,涂满万金油似的,屁股都挪不动了:一只猫认得他,和他称兄道弟是不妙的兆头。他家住的1号宅院这一大片地方,老早是坟地。

伟义怀疑"海军男"是从坟墓地下窜出来的鬼,生前是个年轻的水手,至于他本人,谁知道呢,也许前世是和这水手经常来往的人,也可能是一只船上的猫。

一个平凡的早晨，起初是索然无味的，和许多别的无数个早晨并无不同。伟义匆匆去学校。走出1号宅院的黑色大门，就是窄小的，直筒式的弄堂，一阵急风吹来，他感觉头皮格外轻快，凉爽，恍然想起前一晚，自己刚去理了发的。

伟义的头发长得茂密、发根很粗，到剃头白师傅那儿，几次被卡了剃刀，还发生了最狼狈的一幕，他的碎发被剪蹦，蹿至白师傅一嘴，遭到白师傅讨嫌的表情。

拐出弄堂，便是南昌路，马路不宽，弯曲，像一条蛰伏的蛇。右手边是酱油店，平时那油哈哈的地方总散发着浓郁的酱萝卜味，今早还奢侈地夹杂一点花生酱的香气，气味不难闻，配得刚刚好。

风劲了，凉意加重，伟义仰起下巴看看，天不蓝，整个是混沌的灰，载着重重的水汽，压下来。深色的暗云滚动着，在用力地孕育阵雨。伟义感觉到若有若无的雨点，稀稀拉拉飘来了，像天女散花。

路，蛇身一般蜿蜒向前，看见红霞烟纸店的招牌了，伟义脸色绯红，莫名激动。烟纸店刚开门，门可罗雀，伟义见张靓在帮她爷叔卸最后一块排门板。她背对他，朝着另外的方向左顾右盼，像在盼望什么人，一边抱起海军男。

伟义放缓脚步，默默在心里喊了三声"张靓"。

她并不回身，无什么心灵感应，继续向远处眺望，纤细的后颈对着他。伟义有点小失落，心里嫉妒海军男，它毛乎乎的尾巴翘起来，环绕她雪白的脖子，尾巴稍漫不经心地擦过她可爱的耳窝，布满软毛的身子在她鼓起的胸前蹭着，慵懒而傲慢。

这时，一个戴大盖帽的男子走来，嚷嚷着："来一包香烟。"

她侧着身子,微微地蜷下双膝,去玻璃柜台里取香烟,人软软的,手背圆鼓鼓的,忸怩,烂漫的姿态,驱散了伟义心中的雾霾。

他心里涌起一种冲动,自叹自己没有王建生的口才,那家伙随口说出几句俏皮话,就能把她逗笑。伟义没有这等本事,他近距离和张靓相望的时候,头脑会产生奇异的空荡感,四肢僵直,发木,笨了许多,像被妖怪降住了。

张靓脸小,身材不瘦,也不圆胖,可爱,娇柔,穿着粉红色的裙子,颜色稚嫩,粉嘟嘟的,伟义中意她穿的色系,纯女性化的。

她说:"伟义啊,赶紧走,阵雨要落下来了。"

"那,那,你呢?"伟义说,心里想:张靓不是也要上课么?他们是同班同学。

张靓咯咯地笑,说:"伟义,我没事的。你走路,我骑马。"

她像花儿一般美,伟义放不下,但又怕对方怪他不听从她的话,产生厌倦。伟义装作不在乎的样子,端着一班之长的架子,可不能让张靓小看。

阵雨不请自到,蛮横的雨点大而密集,雨点降落前,似乎是圆空心的,但水滴摔在了肩头,就洇开来,成了扁扁的一大摊水。伟义体内有幸福感在膨胀,延绵,淋雨变得诗意了,他微笑,昂首,一边快乐地耸肩,仿佛雨点是幸运的金币,落在了自己头上。他的心被温暖罩着,耳边留存着张靓"伟义"长,"伟义"短唤他名字的温柔语音,想象她焦急等待的人,正是自己。

朝右手拐一个弯,进入了雁荡路。雨,继续袭击而来,离开张靓视线能及的地方，伟义有点招架不住，两只手护住脑袋，像野兔一般撒开腿跑。

在顾家弄的出口，伟义瞥见一个熟悉的背影，心里一阵狂喜。

他最要好的朋友老巴，挎着伞在前面走，那伞便是一把令伟义垂涎不已的轻便的黑布伞。不知怎的，这哥们儿在雨中拿着伞，却不打开，任黑伞像黑乌鸦黯然收拢起的翅膀。

伟义上前缴获那把黑伞，老巴未加抵抗，垂着脑袋，像一只万念俱灰的病鸟。

老巴平日低调、含蓄、沉稳，不是喜怒无常、阴阳怪气的男孩。他仪表清秀，柔软的头发自然中分，留出一条洁白得体的头路，雪白的衬衣领子永远像用牛奶漂洗过的。是个有小洁癖的美少年，很爱惜自己的名声，对人落落大方，不卑不亢，这派头，一看就知道是从有教养的大户人家走出来的。

巴家过去阔极了，伟义在那里享用过西区老大房的苏式月饼、浓味奶油球糖、白蛋糕，等他吃完甜点，老巴还塞给他一块熏鱼或是牛肉干，说"吃了甜的，再吃点咸的压一压"。

如今，老巴家先后被抄家两次，殷实的家底掏空，伟义再去，吃不到高级的美味甜品，也没有了"压一压"的咸味佐料。好在逆境中的老巴，依旧保持"奶油小生"的仪表，一尘不染，这不肯潦倒的人，让伟义心生佩服。

此刻的老巴失魂落魄，眉宇间缔结淡淡的愁云，神情颓废，含有阴柔的忧伤，一张精致的脸白寥寥，接近象牙白，嘴唇的颜色极淡，仿佛在水里浸泡很久，漂净了，不见一点血色。

伟义用胳膊肘捅老巴，这能体现哥们儿之间猛烈的亲昵，一边说："嘿，侬想啥心事？"

老巴不理会，郁闷，沉静，像一块优雅、有凉意的玉石。

"你姐姐巴兰训你了？"伟义又问。

老巴心灰意冷，摇摇头。也是，巴兰是个大才女，性格孤傲得要上天，她瞧得起的人，天底下没有几个，其中有几个还都是死了不知多少年的古人。巴兰爱抢白人，朝人白眼睛，属于家常便饭，但对自己的弟弟却是无比宠爱的。

伟义皱眉头，出其不意地说了一句："我知道，你隐瞒了我一个大秘密。"

"唔，轻点！"老巴猛地昂头，拽住伟义的手。

触碰到老巴的手，伟义都不自在，心里浮出异样的感觉。老巴的手，不似男孩的手，骨节突出，发硬，跟小阿妹的手似的，小而软，指尖纤细，滑腻。

伟义甩掉老巴的手，用黑伞柄轻轻钩一下对方的脖领，开玩笑道："不说出来，判你绞刑。"

老巴一副"事到临头"的模样，内心装着承受不下的心事。这家伙不仅手"女相"，长相也精巧，瓜子脸毛茸茸的，鲜嫩如蜜桃，眼珠漆黑，微微跷起的精致鼻尖透出娇弱，秀气，还心地单纯，看上去乳臭未干。要不是哥们儿几个在夏天一起游泳、冲澡，伟义要怀疑这家伙和祝英台一样，是女扮男装。

"伟义，李伟义。"有个好听的女高音在叫。

是张靓，她坐在一辆飞鸽牌自行车后，就这么随便一坐，仪态万方，比谁都美。伟义兴奋地举了举黑伞，作为回应，不知她看见他没有，自行车一闪而过。

伟义自言自语地说："原来她说'骑马'是这回事。前面的'马'是谁在驾驭，没看清楚呀，老巴，你知道吗？"

老巴兴趣不在这里，苦着脸。

伟义对他施激将法，说："拿出点男子汉气概来。"又对天发誓，说了不少疯狂可笑的话，还捶胸，信誓旦旦。无奈老巴不吃这一套，给软钉子，这优柔寡断的人，坚决起来的时候，拿出了有这厉害的撒手锏。

伟义泄气地说："算了，不说拉倒，憋死你。"

"不要催，我是没准备好。"老巴正色说。

"我爸说过，世上没人能把事情都准备好，伟人也料不到明天会是什么模样，说给我听，就像跟自己说一样，好兄弟该这样啊。"伟义劝道，在强烈好奇心驱使下，他口才好了，能言善辩，这一点，伟义本人也在暗暗惊讶。

"像跟自己说一样？听起来奇怪……"老巴嘀咕道。

中午，在回家吃饭的路上，伟义催问说："到底想好没有？"

老巴说："这不比寻常，像玩火一样，让火苗蹿出去，会坏事的。"

伟义恼火呵，黑着脸说："我喜欢玩火，有种的话，你尽管说啊。"

最终，老巴不给伟义玩火的机会，推却说："这事像一串葡萄，摘哪一颗给你好呢？好难的决定。"

接连碰软钉子的伟义，气得把眼珠子瞪出来了，两人不欢而散。

下午，王建生早早来邀伟义，说要和他结伴去学校，在一起吹吹牛。伟义不喜欢那家伙在自己家久待，王建生到了他家爱东翻西翻，随随便便，不把自己当外人。

两个人早一刻钟出门,王建生不断和路过的女孩搭讪,假模假样地说话,他对隐藏在那些小阿妹肢体语言背后的含义,都有自己的说法。不过那些异乎寻常的分析,能分析出小阿妹一个个都对他那么多情。王建生也爱和男生搭讪,打嘴仗,背后说人家一堆坏话。

伟义满心想的是老巴的秘密,恨不得追踪到底。他艳羡高明的侦探,机警干练,还有肌肉紧绷的警长。不单单为破案,还有撕开幕布的快感,他对漫漫无边的未知世界的好奇太广泛了。

作为少年人,伟义的好奇心像一头饥饿的小豹子,随时会扑出来的。

伟义应付着爱惹麻烦的王建生,一路东张西望,想在半路上堵截老巴,问明缘由,还想对老巴坦白地说:"你不该这么害人的,说半句,留半句,我被秘密所折磨,心绪难宁,牵肠挂肚。"

可老巴缺席了,第一节语文课,他的座位是空的。下课后,伟义问教语文的娃娃老师,她姓柳,叫柳叶,脸上真的有对称而好看的柳叶眉。她说:"哦,他请假的,说发了高烧。民间的说法还是有道理的,太聪明的男孩不好养……"

伟义不信,老巴看上去文弱,不堪一击,9级大风都能吹倒,其实筋骨好得不得了。小毛小病都没有,也许一百年不必吃药。这归功于老巴妈的手段,她会煲一种补汤,是祖传的方子,功效可比长生不老汤。

伟义猜想老巴是躲避自己,故意玩消失。老巴个性软,脸皮薄,不愿对他这好哥们儿说"不"。想到这一层,伟义一阵愧疚。那样的话,他算什么人?必须顶一个对朋友不仁的骂名。

老巴和王建生不同，是他最忠实，最有样子的伙伴，两个人相互惺惺相惜，平时形影不离。该亲密无间的人躲开了，伟义很不安定，陷入"身边乏人"的境地。

　　这个年龄，朋友是第一位的。伟义不想让老巴误会自己，要找老巴，和他摊牌，说明自己根本不在乎他手里的那一串"秘密的葡萄"。

　　转念一想，这虚伪的话，老巴会信吗？连他自己都不信。

　　捏在老巴手里的，究竟是什么神秘的葡萄？行事笃定的老巴慌了手脚，如临大敌，说明这不是一般的秘密。伟义想，不如采下这串葡萄再说，能帮老巴一起过这关口——伟义根本不知晓，老巴的秘密沾不得的，好比一个被引爆的霹雳，让他见识世界背后黑暗和危险的漏洞。

告别裔凡

王小曼发觉远远地传来一种异样的响动,先是轻微得像一阵心悸,渐渐地就强劲起来,像滚动的雷声急速地赶过来,又带着巨大的喘息呼啸而去。"火车!"王小曼失声地叫了一句。她的同桌季红霞茫然地将眼光瞧过去,又茫然地收回来……

去年春天的时候,一个风吹得软绵绵的下午,季红霞把王小曼拖到很僻静的地方,好神秘地告诉王小曼说,她刚收到一个男生写来的信。

"写了些什么?"王小曼从没有过这一类的体验,她猜不出男生给女生写信会写些什么。

季红霞嘻嘻哈哈地笑起来:"他说想跟我交朋友,你说好玩不?"

王小曼有点困惑地看看女友。确实,季红霞长得很讨人喜欢。她留着美丽的披肩发,黑油油的,很茂盛,很洒脱。可是,她现在的那种口吻使王小曼隐隐约约地有点不满,仿佛那个男生是因为写信就变得既轻贱又可笑似的,王小曼就是不喜欢季红霞那种莫名其妙的优越感。

不过,这件事给了王小曼一个震撼,她有点兴奋,像刚苏醒过来时有一种新鲜的好心情,仿佛很遥远的事霎时被推到了眼前,令她又惊又喜。也许也会有男生给我写信,她这么想道。跟一个人,特别是一个男生通信,这一定有意思,这种从从容容的交往像成年人似的。她很激情地在纸上乱画乱写,然后再一一辨认:

含笑蓓蕾美丽大方多情善感四通八达……

隔了三天,季红霞又一次把王小曼叫到僻静处,忧愁满面地说:"我怕极了。"原来,季红霞刚在报上看到一则消息,说一个歹徒恋爱不成就毁了女方容貌,遭到逮捕。她说,怕那男生也学那一手。说话间,她的表情很悲惨,好像遭到了一场横祸。

王小曼有点发呆,她不懂季红霞为何要做这样的联想,她觉得男生寄信来是一件很抒情的事,怎么能把好端端的一个男生看成是歹徒呢?

"你别瞎想。"她说,心里还在为那男生鸣不平。她想,他真是看错人了,就有一点可怜他。

季红霞仍有点失魂落魄,断断续续地说,那男生叫裔凡,是她小学里的同学,小学毕业以后就断了联系,只听说他在第四中学读书。

"你说,小学毕业好几年了,根本就没必要来往的,他为什么要突然来信?"季红霞用了个质问的语气。王小曼觉得她好像时刻戒备着,准备给来者一个迎头痛击。

"那么,"王小曼说,"你为什么不写封信去问问他呢?或许他也有他的道理。"

"那样嘛——"季红霞很尖锐地叫了起来,"岂不被人笑话!"

王小曼懒得多说。她没想到大大方方的办法季红霞竟不喜欢，口气硬邦邦的，骨子里却软弱得要命。连着几日，只要一出校门，季红霞就用胳膊挽住王小曼。有时挽得太紧，王小曼总感到像被柔韧的藤缚住了。季红霞还时不时环顾四方，留意是否有人来暗算。王小曼让她弄得很痛苦，光想抗议那股子蠢气。

又过了些日子，季红霞才平静下来，有点缺憾似的对王小曼说："这事好简单啊。"

"给裔凡回信了吗？"王小曼问。

红霞淡淡地一笑："聪明的女孩碰上这种事都会很慎重的。"

王小曼看着穿着红衣显得红彤彤的季红霞，弄不懂她心里怎么会冷冰冰的。王小曼想象着裔凡将信寄出后就急巴巴地等待着，石沉大海一般的杳无音信多让人失望。她想，这个世界不该有这种难堪和过分的事。

她给裔凡写了一封信，简单得像公函，只告诉他季红霞已收到信。在寄信时，她全然没有一种欢快得如同做冒险游戏般的心境，在心里只充溢着含含糊糊的恻隐之心，仿佛裔凡不是个和她同龄的男生，而是个受了损伤的小弟弟，很需要她的宽慰。

她很快就把裔凡忘了。

隔了一星期，王小曼收到一封封口讲究的信。她拆开一看，不由吃了一惊。那信纸是通红的，纸质厚重，最上头一行毕恭毕敬地写着三个字：**感谢信**。王小曼惴惴不安地找着下面的话。

王小曼同学：

　　我是个难得感谢别人的人，不像女生，动不动就谢别人，谢过之后很快就忘个一干二净。我不了解你，但从笔迹看，你是个女生，而且还是个好样的。

　　我至今没收到季红霞的回信，不过我并不伤心。我曾给二十名小学同班过的女生写过信，季红霞是第二十名。不瞒你说，除了你的信之外，我没收到一封回信。

　　你王小曼一定会问："你这是搞什么鬼名堂啊？傻里傻气的！"

　　其实，我觉得那个叫裔凡的一切正常，因为他发现班里的女生都把自己包裹得严严实实，他想了解也办不到。于是，他就想找小学的女同学交个朋友，相互了解，因为在小学里男女生都很要好，可惜，他眼看要失败了。

　　你看，裔凡这人怎样？他可笑吗？

　　此致，敬礼！

裔凡

　　王小曼原本不知道该怎样与男生通信，然而现在不知不觉地已在进行了，她有一种迈出一道坎的欣喜。在这之前，她万万没想到男生也会那么坦诚，那么热情，而且会自问自答地写信，也偏好用问号。刹那间，她发觉自己对男生也是毫不了解的。

　　当晚，王小曼跑去找季红霞，并且将裔凡的信给她看。季红霞读着读着脸上就有点不自然，末了便仰着脸找天上的月亮，像一朵孤傲的花。

王小曼说，光在女生的小圈子里转有点闷气，她建议她们两个一起发一封信给裔凡，经常在信里谈谈也不错。

"那样通通信有什么用处？"季红霞不悦地说。

至于用处，王小曼也没想过。她想，干吗做什么都要板起脸，一副寻求大用处的样子？就这么通通信，多个朋友，也是件让人高兴的事。她复了一信，很郑重地选了一只称心的信封。

裔凡同学：

你能告诉我男生的一些想法吗？我跟男生打交道总有点陌生，不知道该怎么对待他们。比如我们班上有个叫徐小军的男生，他有时很随便，跟女生开玩笑，可有时我们跟他开玩笑，他会突然严肃非凡，又冷淡得要命，弄得人下不来台。你说，他为什么那样古怪？对不起，说了你们男生的坏话。

祝你快活！

王小曼

又隔了几天，班里期中考试的成绩公布了，季红霞的总分占第一。她当然喜滋滋的，不多说话，嘴角往上弯着。

"现在预告期末考试的总分——第一名，徐小军。"徐小军在一旁嘻嘻哈哈地开玩笑。

"阿Q精神。"季红霞笑着说。她跟徐小军很熟，常在一道说说笑笑。

边上有几个男生听见了，在一旁阴阳怪气地喊阿Q，还到他头上去摸辫子。徐小军快手快脚地躲开了，满脸的和颜悦色一扫而光，嗓音很怪地说："你怎么说这个！"

季红霞飞红着脸，说："是阿Q精神么。"

"算了吧。"徐小军冷冷地说，"我才不觉得总分第一是光荣的事，是靠细心才得的胜利，不是靠脑子好。"

季红霞尴尬地站在一边。她是班里最聪明的女生，这一回也碰了个没有法子回击的钉子。放学后，她悄声对王小曼说，她再也不会理睬徐小军了，因为他伤了她的自尊心。

王小曼没说什么。男生太费解了，简直是个谜。于是她就急切地盼望裔凡的信。终于，那天傍晚她收到了它。

王小曼同学：

坦白地讲，你信上提到的徐小军的古怪脾气，本人也多少有一点。有时我并不知道自己在生气，可实际上已经火冒冒了。跟女生说话，我多少有点尴尬，轻声轻气地说更难堪。哦，如果有许多人在场，我最恨人奚落我。不知徐小军是不是这样，反正我是的，碰到那种情况，往往会说些激烈的话来维护自己。这样很伤对方，是吗？不过，如果跟一两个女生在一起，她们开玩笑我是绝不会发火的。

另外，顺便问一句，如果你们班男生中有一个是有缺陷的，比如是个少白头之类的，你们女生会不会轻视他？

男生爱面子，也有许多梦想，我觉得他们都是好人。你说呢？

请务必回答。

再见！

裔凡

王小曼的心在慢慢地宽舒开，有一股说不出的安宁与快活。原来，男生跟我们有那么多相似之处！她心里仿佛有了底，好像一下子就了解了半个世界似的。

　　她跑着去找季红霞，对着那个红彤彤的人说："别再怨恨徐小军了。"

　　季红霞表情死死的，摇摇头："别提他好吗？"

　　"男生也有自尊心，我们伤了他，他也会伤我们的。"王小曼说，"这样的话，我们以后就得相互尊重了。"

　　季红霞叫起来："这可能吗？男生看上去只会恶作剧，他们什么也不在乎呀！"

　　"他们在乎的，这是千真万确。"王小曼说，"不信你试试，如果你尊重他，徐小军保证也不会嘲讽你。"

　　季红霞嘴里嚷嚷说不相信。可是隔了三天，王小曼瞧见季红霞抱着手臂，讪讪地朝着徐小军笑，徐小军先是很僵直地站着，随后，两个人都恢复了常态，随随便便地交谈开来。王小曼发觉季红霞此刻变得端庄大方，而徐小军则有点温文尔雅。她瞧了一会儿，心里欢喜得要命，好像找到了一个崭新的方向。她想着该给裔凡回信了。

　　裔凡同学：

　　　许多地方我跟你想的一样，男女生在需要理解和尊重方面没有差别。我们女生也是很希望男生看重我们、赞美我们。我发觉，有时女生单独上体操课时，大家动作就稀稀拉拉的，但是只要跟男生在一起上体操课时，许多女生的动作就格外优美。这时候，你们男生能不说怪话就好了。还有，我们对于某些有缺陷的男生，一般心里是同情的，有时开些玩笑是无意的，是无心的。这不好，是吗？以后克服。

  此致，敬礼！

王小曼

  他们来来往往地通了半年多的信。王小曼总感到心里热乎乎的，仿佛有个亲密的朋友时时在注视着她。生活变得明亮起来，有声有色起来。她常常在心里感叹："谢谢你，裔凡。"

  一天，季红霞又满面忧伤地挽紧了王小曼的胳膊。已是深秋，落叶在地上满满地铺排开来，季红霞絮絮地说自己觉得惆怅。

  "你知道吗？"她说，"我总觉得徐小军他们心里是看不起我的，会觉得我是凭用功而不是凭聪明取胜的。"

  "别太在乎这个。"王小曼用手拍拍季红霞的手背。近来，她总觉得季红霞的许多话题都很过时，幼稚了点。她却像个大姐姐，满心都是细腻而又沉着的情感。

  季红霞说："也许他们是有道理的。"

  "我觉得男生也不意味着样样都行，不过他们不会轻易佩服一个女生，其实这也是男生一种自以为是的毛病。"王小曼缓缓地说道。

  "王小曼！"季红霞把嘴巴张得圆而又圆，"你哪来那么多新看法，我简直服了你！"

  王小曼问她还记不记得一个叫裔凡的男生。

  "当然记得！"季红霞忸怩地一笑，"昨天我们俩出校门时,马路对面不是走来一个男生么?那就是裔凡啊。"

王小曼心里升起很亲切的念头,好像她跟裔凡已经见过许多次面了。她细细回想了一阵,却实在记不起昨天见过什么特殊的男生。因为每天都有一大群男生与她们面对面地走过,也许中间就有裔凡。但她想:也许裔凡已经认出我了。

"假如下次再碰上,我可以指给你看。"季红霞说。

王小曼淡淡地笑笑。记得刚开始跟裔凡通信时,她曾多次想象过裔凡长得有多么帅,至少比徐小军还要潇洒,她还想问裔凡要张照片什么的。可时间越久,那种想要看个究竟的念头就越淡,几乎消失掉了,仿佛裔凡就变成了个向她敞开内心的人,并没有外表似的。不见面,她也能胸有成竹地知道他的一切。她觉得她喜欢这种很纯、很默契的心境。

不久,班里许多女生遇上难解决的事都开始找王小曼商量了,她们都觉得她出的主意既高明又全面。王小曼这个原本极为普通的女生一下子变得耀眼起来,连男生都发现了她的优秀。一天,徐小军叫住王小曼:"听说你很会分析男生的心理。"

王小曼有点不知所措,因为徐小军这人一向傲气,有时爱讲点反话。

"如果真有这一手,为什么不帮帮戴永明?我看全班数他的苦衷最多。"徐小军说。

"那你为什么不帮他呢?"

徐小军晃晃那个充满智慧的头颅:"我试过,发觉这先生主要是对女生充满顾虑,女生在场,他的脸就涨成个酱鸭色,笨得话更说不清了。"

王小曼不由得想起裔凡提起的少白头的事,他说他们班一个男生夏天都不肯脱帽子,因为以前曾有女生戏谑地称这个男生为"圣诞老人",这个男生为此一直顾虑重重。

徐小军认真地站着,等着她回答。她发觉他跟裔凡同样郑重,并且彬彬有礼。她说:"可以试试的。"于是,这大个子蹽开了。王小曼站在那儿,只觉得眼前一片灿烂。

远远地,戴永明走来了。

这是个浓眉大眼的男生,长得好像太健壮了些,像大伙的叔叔似的。他原本就够引人注目的,偏偏又有点大舌头,说话含含糊糊,几乎每个字都变成了翘舌音。

戴永明看着王小曼点点头。

女生们习惯性地围上来,千方百计地引导他开口,像在攻克堡垒,戴永明练出了一套防守的本领,很少开口。

王小曼说:"咱们可以谈谈吗?"

戴永明摆了摆手,横着往边上走了几步,大块头的那种躲躲藏藏让人看着觉得特别别扭。王小曼看得满心是火,不由得很尖地叫了声:"你真没用,胆小如鼠,连话都不敢讲!"

戴永明盯着她看了一眼,讷讷地笑笑,然后笨手笨脚地整了整衣服,自顾自地走了。王小曼听见从他嘴里吹出一阵忧伤的口哨。

"我想唱歌却不能唱,小声哼哼也要东张西望……"他吹的是这段词的曲调。这本是支轻松、诙谐的流行歌曲,但经他一吹,就完全走了气氛,变成一种充满哀怨的情调,而且并不浅薄,像是从很深的地方渗漏出来的。

"你吹得真好!"王小曼大声叫道,"你的缺点其实大家早已习以为常了;但你还有许多优点,大家会一点点发现的。"

戴永明没回头，他走他的，也仍是吹着他的"我想唱歌却不能唱，小声哼哼也要东张西望"……

王小曼觉得腿上软塌塌的，心里有了个发凉的空缺，耳边老是响着那凄婉悠长的口哨声。如何才能使他松懈点呢？她老那么想。

当晚，她收到裔凡的一封写得匆匆忙忙的信。

王小曼同学：

我要立即见你。明天下午放学我们在市图书馆门口见面。我右手拿一本地理书。

裔凡

第二天，整个中午和下午，王小曼都极为平静。她多次注意戴永明的一举一动，发觉他还是一如既往，于是就涌出淡淡的失望。不过，她又安慰自己说："这何必呢？等下午放学碰上裔凡后，就问问他，裔凡或许能出些好点子的，因为从他的信里就能知道他是个很能体谅别人的人。"这太可贵了！王小曼想，要是没有他传递来的那些心里话，也许她至今还是个心肠软软的但又傻兮兮的人。

王小曼也猜测过为什么裔凡会急巴巴地催她见面，但因为怕猜不准也就不猜了。她发觉现在已不像过去那样很容易做一些不切实际的幻想了，它们美美的，却假得厉害。她仿佛镇定多了，而且，心里总像是有个底，不会飘飘摇摇，大惊小怪。

直到她走到看得见市图书馆大门的地方时，才突然意识到自己其实是很急于见到裔凡的。她多少有点紧张。她先是闪在路边的霓虹灯后头,由粗壮的灯杆遮住半边身子,悄悄地将刘海儿往前面抚了抚平,接着又赶紧闪出来,觉得自己的举动有点好玩,鬼鬼祟祟的。不过,她并不怎么尴尬,因为她要见的男生是裔凡,他是晓得她的。

蓦然,王小曼看到了在图书馆的正门口站着个少年。他手里捧着一本地理书,一缕苍老无力的夕阳散淡地泻在他脚下,她觉得那像是恬静温柔的月光。

他显然也认出了她,不知是凭借什么,反正这个过程再自然不过了。当他们相互看了一眼之后,他就将书迅速地往包里一塞,快步向她走来。

"你好,王小曼。"他说。

裔凡是个矮小的男生,说话的声音却明朗而又中肯。当他点头时,王小曼瞥见他的头上闪闪烁烁地显出些白发。她心里顿了顿,有点沉甸甸的,说不上是为了什么。

"没想到我是这个样子的?"裔凡一边问,一边还很开朗地笑着,"以前我比这还差,帽子压得低低的,信上说的少白头就是裔凡啊,还是你开导他脱掉帽子的。"

他的口吻太熟悉了,王小曼甚至感到想象中的裔凡就是这样的。她说:"我料到你是这样的,真的。"

"怎么可能呢!"裔凡差点大叫起来。

"完全可能。"王小曼执拗着,她已经辨清,原来早在心里为裔凡勾画了一个宽宽落落的轮廓,不论长相如何的裔凡都能装下的。

沉默了一会儿,裔凡才说:"我要走了,跟我的父母到北方去,是他们的工作调动。"

"什么时候走？"

"明天一早。"奝凡说，"我总想跟你当面道别。"

王小曼心里袭过一种惜别发酸的情感，很强烈，然而并不凄凉，没有那种曲终人散的感觉。她努力克制着，自言自语道："有点匆忙，是么？"

"是呵。"他附和了一句，"我一直在犹豫。"

她有点生气地说："犹豫什么？难道不该见见面吗？"她说着，心里却明朗开来。

他笑笑，好像有点惭愧，接着便岔开话去，问她班里还有什么新鲜事。她想了想，就把戴永明的事说了。

奝凡听后，沉着地说："他肯定听见你那番鼓励的话了，这对他是很宝贵的。"

"可是，他没有一点反应。"王小曼说。

他没作声。一直到他们挥手道别时，他将目光投向一棵高大的树的顶端，说："有各种各样的男生，有一种，他们会把鼓励过他们的女生牢牢地放在心底。记住，别指望这种男生说一些感谢的话。"

"我知道的。"王小曼对自己说，"有的女生也是这样的。"

校园的围墙外几百米就是坚硬的铁轨，王小曼留意着它们每一个小小的悸动。火车来了，它激越万分地轰鸣着，呼啸而过，飞翔般快速。

再见，奝凡！

名师赏析

"女生太娇气!""男生太自以为是!"在小学中高年段,这是一个特别有意思的现象。好像突然有一天,男女生就不在一起玩了,甚至还仇视对方。彼此的自尊心让"敌对情绪"和"尴尬的好奇感"上升到了前所未有的高度。《告别裔凡》里的王小曼通过和裔凡通信的方式,敞开了心扉,打开了沟通的大门,学会了从从容容地和异性交往,以平和的心态看待对方。

《"博士"毕德》的故事也很精彩,毕德门门功课第一名,得过区里的一等奖,为人热心,和同学关系也好,他应该是最幸福的人吧。但通过"我"的跟踪观察,竟然发现了他不为人知的另一面。欧·亨利式的结尾,让前面所有的伏笔和不合常理都变得异常合理又让人有点心酸。

《我家老郑》里的爸爸对绘画极有热情,但最后却只能做修冰箱的工作。于是他把对绘画的热爱全部倾注在对儿子的培养中。儿子为了爱,一次次逼迫自己勤奋,最后也不过是证明了在天分面前,努力不值一提。爸爸老郑终于承认了少年梦想的彻底破碎,也终于完成了与儿子、与自己的和解。父子之间相互理解、互相奉献的过程十分动人。

《四弟的绿庄园》无论是故事走向,还是选词炼字,有着和其他故事截然不同的厚重感。全文围绕着四弟的命运慢慢展开,让我们看到了有些孩子就是像植物一样,"城市"——不适宜的生长环境的种种束缚只能让他枯萎，他的脚只有踏实地踩在土地上，身体和心灵才能茁壮地长大。

《红裙子》《莘莘的日记》《伟义的心》三个故事看似不同，其实讲的都是有关"秘密"的故事。肖申生对章娜的隐秘情感是如何发生悄无声息的变化的，莘莘日记里的秘密被恶意曝光的困扰是如何解决的，伟义对老巴秘密的好奇与无知会带来怎样的结果……

秘密总是给我们带来伤害，同时也让我们获得成长，在别人的故事里，我们或许能找到打开自己困境之门的钥匙。

秦文君老师说，每一个人的长大都是不容易的。是啊，谁不曾吃过成长的苦？谁不是在跌跌撞撞中，满身瘀青地长大？那些隐秘的伤痕，有的被岁月磨成了淡淡的印子，有的结成了坚硬的痂，有的轻轻一碰，还是会汩汩流血。

因为痛过，哭过，无助过，所以我们特别期待有一个目光锐利又正直仁慈的作家，能够真诚地和正值青春年华的孩子们，或者是肉体已经长成大人的孩子们，好好聊一聊那些成长之痛。看到这本书，我觉得，我们等到了。

第二辑

青春的色彩

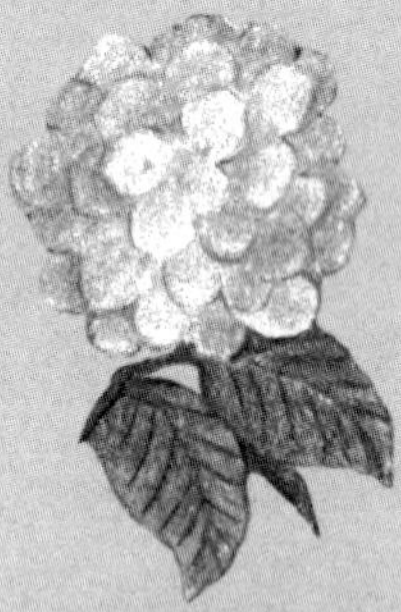

表哥驾到

我真想掌握一句呼风唤雨的咒语，假如现在念上一句，来一场特大风暴，表哥一行就得改变来这儿做客的计划。

可惜，艳阳高照。

妈正一边激动地忙着杀鸡、煎鱼、煮肉，一边隔一分钟催我一句："快洗澡、快理发、快换衣服！"

仿佛我也是一道要隆重推出的大菜。

我懒洋洋地应付着。换上那种体面的衣服，我就变得不像我，像个乖乖兔。妈却为此满意，她说："这样，跟你表哥站在一起，反差能小一点。"

她每次在夸奖表哥时，总是带点嫌弃我的口吻。有什么办法！虽然我没见过表哥，可早从妈那儿知道他是个世间少有的人。他只比我大一个月，可优点大大小小加起来至少有一百条，什么孝顺、整洁、聪明、会弹钢琴、参加过模型小组、打电脑快如飞、写作文得过奖等，甚至还包括吃饭很文雅，呷汤没有声音……总之，妈出差去过表哥家，回来后就如数家珍。

与那样的表哥见面，让人提心吊胆。

下午五点，表哥一行驾到。

表哥果然相貌堂堂，但太 fat。他一见面就对我说一句：

"Good afternoon。"

妈欣喜地推推我:"用英文回答呀!听见表哥的话了吗?他英语很标准!"

其实,在班里我也是个英文尖子,甩几句不成问题。可万一对方再滔滔不绝地出来长篇英语呢?所以,我果断地对妈说:"又不是举行英文比赛!"然后,我对表哥说:"你好!"

表哥的妈妈——我的大姨,拍拍我的肩。

妈恨铁不成钢地白了我一眼。真扫兴!我回小房间做飞机模型去了,心里想着,有这样高档次的表哥真让人觉得自己矮了一截。

一会儿,表哥推门进来,我真怕他会对我做的飞机模型不屑一顾。不料,他倒挺和蔼可亲的,点着那小东西说:"太棒了!"我看他不像是讽刺我,就送了他一个。原本想让他帮我提些改进意见,不料,他很抬举我,拿着它去对大姨说:"表弟送我的!"

人家姿态那么高,肯放下架子称赞我,我还能不对人家好?我们俩一会儿就称兄道弟了。我建议在小房间里布置个模拟篮球场,在那儿玩投篮。我这个主张把他这位天才听得一愣一愣的。不过,他平易近人,微笑着答应下来。

大姨饶有兴致地来当观众。

我弹跳好,投篮动作又帅又准。我投了一会儿,觉得太热了,于是就脱了体面的上装。妈进来找东西,一看见我这副样子,立刻骂我是猴子投胎,天生的粗鲁。我看看表哥,人家到底是文雅。他虽然投篮技术差,动作笨拙可爱得像毛毛熊,可人家跳一下就抻平衣服、理顺头发,学生精英的仪态一点不变。

你能要求爱因斯坦会打网球,托尔斯泰会驾驶飞机?人家表哥有那么多优秀品质,体育差点是小事一桩。况且,他还挺谦虚,老说:"表弟,你很全面。"

大姨为我计算着投篮投进多少回。

我在家,还从来没有受到过这种规格的鼓励。我现在仍想学会能呼风唤雨的咒语,仍想让老天刮暴风下暴雨。这样,今晚表哥一行无法回旅馆,得住在我家。

天,万里无云,一如既往。

到了吃晚饭时,表哥和我已是勾肩搭背,亲如一人。

能与那种伟大的表哥成为密友,也许我也有点不凡,是"很全面"。

只是吃饭时,妈的一句话又让我瘪头瘪脑了。

饭桌上,妈不停地给大家搛菜。她给表哥的碗里搛了三块排骨、两个鸡腿,堆得像丰收的小山。她也给大姨搛,最后搛了两块排骨给我。

"谢谢!"表哥一边彬彬有礼,一边不负众望,吃得文静而又迅速。

"多有教养!"妈由衷地说。

我瞄了下饭桌,发觉排骨盘子里空了,妈妈一块也没有。我有点生气地说:"我吃一块排骨就够了,另一块你自己吃得了!"

妈不高兴了:"看这孩子,多不知好歹!"

大姨说:"这孩子懂事,知道心疼人!那是真孝顺!"

妈则推让说:"别安慰我了,他的气我受多了,也习惯了。古怪呀,这孩子!"

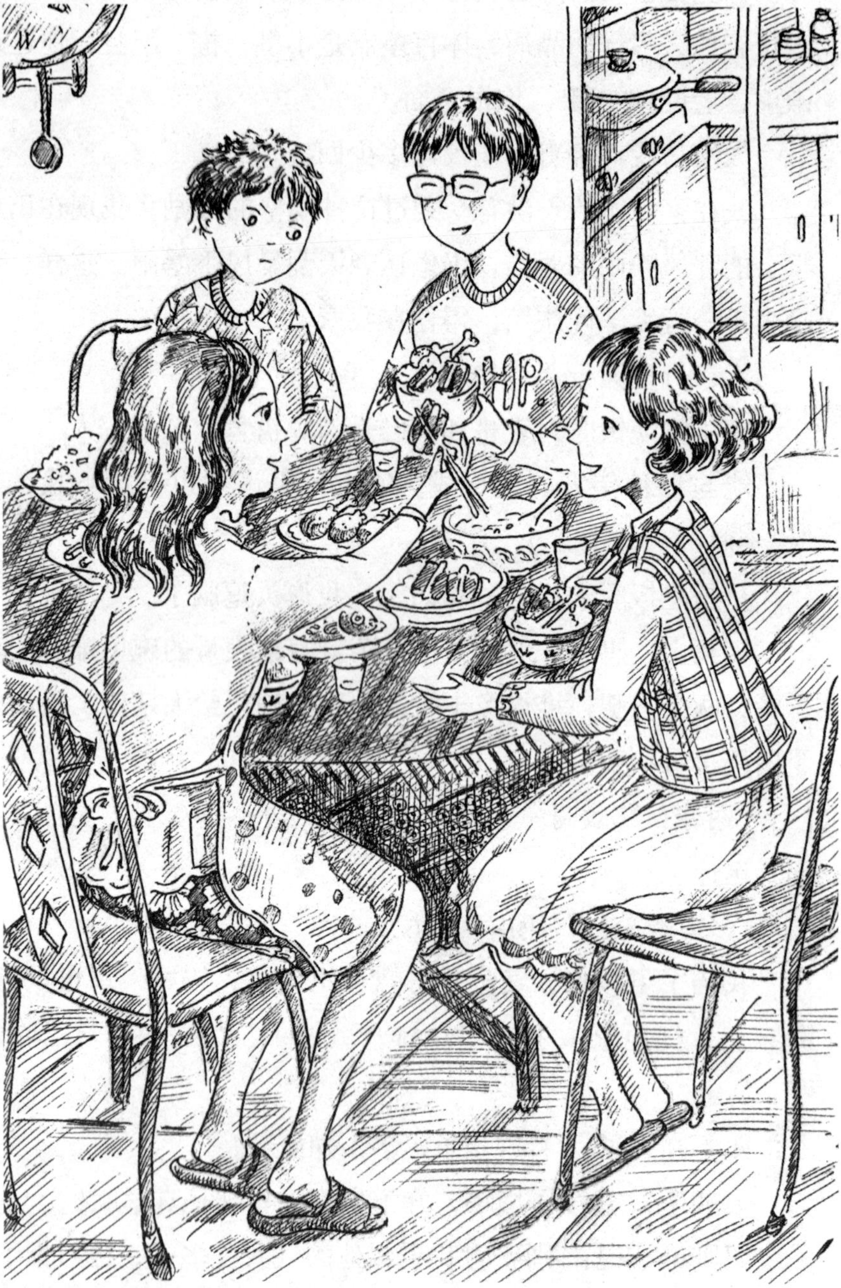
HP

我觉得吃饭没胃口,连汤也咽不下。看见表哥端坐在那儿,很正规地进餐,我确实觉得自己是个小傻子。

天突然暗得出奇,还闪电打雷。我敢对天发誓,这可不是我念咒语呼来的。我有点像掉了魂,坐在窗前托着腮,活像个小书呆子。

其实我什么也没想,脑子好像让什么东西塞住了,谁能帮我疏通一下?

唉,表哥驾到,一切都复杂了。

突然,我听妈叫我,我就过去了。

妈在洗碗,水龙头冲得哗哗响。她不看我,看着水盆,问:"刚才你不吃排骨,真是为了想省给我吃?"

我抽抽鼻子:"我还有事。"

我也没朝她看,转身走了。

我路过客厅,听见大姨正和表哥说话,而且,是一句让人心跳的话:"你表弟,够你学一阵的。"

别是把我当反面教材!我得证实一下。

"你别看他不会弹琴,没学过电脑,那些一学就会的!你看人家那灵活样,诚实、孝顺,做的模型多漂亮。你做的那叫什么?还有,明天起,你得跟他那样练弹跳……"大姨说得头头是道。

"唉,天天听你说表弟的好话,"表哥好没劲地说,"说得我没信心!"

我一拍脑袋,这回真像孙猴子那样一蹦老高。而且,我想立即冲进去与表哥握握手,告诉他:"我们俩真是一对难兄难弟,彼此彼此,相见恨晚!"

可不知怎的，我只叫道："表哥驾到——"然后，我的心里就涌起了一股让男儿掉泪的悲怆。

少女罗薇

在一次大型的美术展览会上，我意外地看到了姨妈孙群的一幅画。这幅水粉画的名称是《母与女》。整个画面采用的都是人情味很浓的暖色调。画中的女儿占主体，线条简洁明快；母亲的形象却显得深沉凝重，而且只占很小的画面。我在画前伫立许久，既为画中所传达出来的感情、力度所吸引，又为姨妈的成功而感到兴奋。

当天晚上，我便去姨妈家祝贺。很可惜，姨妈却不在。我推门进去，只见到她的独生女罗薇正伏在饭桌上写着什么。罗薇个子不高，腿粗粗的，肩膀那儿也是厚厚的，总之，同当今挺流行的那种犹如豆芽的细身材格格不入。她不漂亮，却显得健康、有活力。她见了我，也不打招呼，只是随意地笑笑，好像三分钟前刚跟我长谈过似的。好在我这段时间正在中学实习，像这样的中学生，每小时都能碰上几个。

我问起姨妈的去向，她说："她么？大概又去收拾新房子了。"

这真是件大喜事。早听姨妈说，单位落实知识分子政策，要分给她一套两室的新房子。可瞧瞧罗薇那一副懒懒的、无精打采的样子，好像这事平凡得不值一提。我注视着这间窄小而又凌乱的斗室。由于备受空间的限制,每逢白天,罗薇的小床只能翻过来竖在墙角边,以腾出块地方作为通道。我想,这肯定给她带来许多烦恼,比如星期天早上不能睡懒觉呀,无法在垫被下塞进一本有秘密的记事日记啦,等等。既然如此,为什么她说起新房子时还那样缺少热情呢?难道她变成了一个只注重考试成绩而对其他一切都漫不经心的人?

不一会儿,外头有个尖尖的女高音喊了罗薇一声。立刻,中学生从椅子上弹跳起来,冲锋似的往外奔,出门时肩膀把门边的碗橱撞得打战。随即,我便听到她们在外头无拘无束地笑着什么。我想听听她们的谈话内容,可是这时候她们的声音便低下去,成了挺默契、挺亲昵的低语。

我满房间踱着,无意中瞥见罗薇写的一行句子:"我不愿跟她搬到新房子去,我矛盾极了。"我笑笑就踱开去。她也许是眷恋这个住惯的地方吧?矛盾么?不过,哪一个中学生能做到无论遇上什么事都能从容不迫呢?再说,罗薇有个挺疼爱她的奶奶就住在楼上。这不,老奶奶正在楼上喊:"小薇,外面风大,跟你同学一起上我这儿来吧。"也许,罗薇舍不得离开奶奶,所以耍起了孩子脾气?我这么猜测着。

大约过了二十分钟,罗薇神采奕奕地回来了。她见我还没走,似乎怔了怔。我问:"刚才来叫你的是你的好朋友?"

她点点头,变得友好起来:"她来送我相册,她多傻,其实明天一早我们能在学校碰到的。她还特意跑一趟,真傻!"

我注意到,她在说这席话时,神情激动,分明是在炫耀她们的友情不同凡响。接着,她又把那宝贝从口袋里掏出来递给我。那本相册确实不错,很精致,扉页上黏着张照片,上面是一个瓜子脸、表情很明朗的女孩,估计是刚才的那个女高音。

"你觉得她怎样?"罗薇点着那张照片问。

我说:"她看上去很纯朴、很真诚。"

"你也这么认为?"罗薇高兴起来,立刻滔滔不绝地谈起她的朋友。而且,她也一下子对我产生了好印象,开始翻箱倒柜地找糖盒子准备招待我。哦,这个年龄感情真诚,珍惜友谊,尤其是女孩。我忽然觉得自己离那已流逝的少女时代近了许多。

"她是怎么想起送你相册的?"我问。

"我告诉你的话,你能保密吗?"她反问道。

"当然。"我答应。哪怕这丝毫不值得保密。

"知道吗?今天是我十四岁的生日,听说我是晚上出世的,所以……"

我理解她对这事的郑重。十四岁是个不平凡的年龄,况且,有哪个中学生不希望生日过得有意义?于是我说:"有本书上写过:'热爱生命的人才会纪念生日,纪念生日应该成为更好地生活的起点。'让我预祝你——十四岁的罗薇,从这个生日的第一天起……"

"嘘!轻点!"罗薇一边紧张地说着,一边涨红着脸跑到窗前,气咻咻地拉起窗帘,"不能让他听见!"

"他是谁?"我问。刚才我看见对面有一家的窗子正好对着罗薇家的窗子,有个脸儿白白的男孩曾经在那儿晃来晃去过。罗薇告诉我说,他是他们班的男生,叫周荣国,名字挺爱国的,可惜,总爱趴在窗前往这儿看,像个侦察员。所以,有时她白天也拉上窗帘。

"也许他闲得无聊?"我插了句话。

"那不会吧。"罗薇为那男孩辩护起来,"其实他脑子发达极了,成绩总是班里的前三名。还有,在班里他从不跟女生多搭讪。"

我们又谈了一会儿,主要是罗薇向我谈论她的同学和老师。我发现,她谈起同她关系比较一般的人,都有贬有褒,好像很辩证;等到谈论起她很喜欢或是很不喜欢的人时,措辞就很绝对,比如"这个人好极了,没有缺点",或者"那个人嘛,我真懒得提他的名字,他是世界上最使人讨厌的家伙"。总之,她时而宽容,时而苛刻,这一切都取决于她的感情因素。

很晚了还不见姨妈回来,我便起身告辞。罗薇先是一再挽留,后来我向她出示手表,她才算退了一步,但执意要送我去车站,而且还挽住我的胳膊。路上,我对她说:"等姨妈回来你跟她说,过两天我再来看她。"

罗薇没作声。低头走了一阵,她忽然仰起脸来问:"哪一次你能来专门看我呢?"

我心里动了一下,感到自己在无意中冷落了这个女孩。我说:"过几天我就专门来看你。怎么?要不要补上一份生日礼物?"

"随便你。"她想了想,又补充一句,"反正,我答应收了。"

我笑着问:"那你帮我参谋参谋,送什么生日礼物才能使一个十四岁的女孩子满意?"

她没怎么想就回答说:"如果她个子不怎么高的话,你就买一盒钙奶糖吧。"

我实在弄不清这种奶糖同个子高矮有什么关系,问她,她才吞吞吐吐地说了几句，好像是有两回她吃了这种奶糖后，半夜做梦都梦着从高山上摔下来。她相信这就是在长高。

我暗暗笑她太单纯，把一些偶然现象看得那么重要，但仍决定要跑一趟食品店。临分别时，罗薇塞给我一个有着硬邦邦簿面的小记事本。我深知她的信任并非每个人都能得到，不禁感动起来："谢谢，这本子我很喜欢。"

"你注意到那簿面的颜色了吗？"她问。

真糟糕，我真没怎么留意这个。经她这么一问，我才看清簿面上是由蓝和白这两种颜色构成的图案。

"蓝和白都代表纯洁。"她说完，快乐地笑笑，然后往回跑去。

这是个真挚动人的女孩。我这么想着，同时也略带点内疚，不仅为刚才曾在心里把她划在只关心分数的那种干巴巴的人中去，而且，我们做了十四年亲戚，我头一回才想到把目光停留在她身上。

隔了一星期，我抽空跑了几家食品店才买到罗薇喜欢的那种奶糖，想晚上送去的，可巧，在临下班时，姨妈挂了个电话找我。

"晚上你能来一趟吗？"她在电话里问，"来帮我解解围好吗？这两天我心乱得什么也干不成。"

"是不是忙着搬家？我一定来。"

"不！不！你来的第二天我们就搬到新房子里去住了。是罗薇的事……这两天她一句话也不和我说，整天板着脸。你来劝劝她吧，她对你印象不错……七点钟，我在车站等你，26路车到底。对，徐家汇站，电话里谈不清，还是面谈。"

姨妈似乎很沮丧，当我在车站见着她时，我一眼就看出这一点。看来，"画"生活和"过"生活差距不小，画面上的母女显得那么和谐，而生活却总在变幻内容。

"到底发生了什么事？"我问姨妈。

她说："我也不清楚她为什么不理我了，我问过她，她不说。可看得出，她也很痛苦，人都瘦了，我真担心她在折磨自己……"

我不由得想起罗薇写的那行句子，便说："可能她不愿意离开住惯了的地方。"

"你这样想吗？如果真是这样，过不久她就会好的。我就她这么一个女儿，这孩子的脾气又特别，我就担心她在感情上和我有隔阂……我既有事业，又有家庭负担，她爸爸在外地工作，一年才回来一趟。从她很小起，每逢星期天我就陪她玩，夜里哄她睡着后我再开始画。你知道，那时虽然艰苦，可心里很安宁，因为女儿跟我很亲。"

"现在呢？"我问，"她常跟你闹别扭？"

"也不经常。有时也怪我太忙，很多地方委屈了她。不过，像这次那么生闷气还是第一次。这两天我老是恍恍惚惚的，干什么都没心思。看她那样，我真……"她呜咽起来。

那幅《母与女》又浮现在我眼前，这会儿，我对画中那深沉凝重的母亲形象有了更深的理解。同时，我又觉得纳闷，难道罗薇这个聪明可爱的女孩子会对母亲深切的爱一无所知？不可能，不可能，一定是另有原因。

我们边走边谈，很快就到了姨妈的新居。两室一厅的房子，大间是姨妈的书房兼卧室，小间是罗薇的卧室。可以看得出，小间布置得格外雅致：一张小床，一张崭新的书桌，上面放着台灯和台历，墙上挂着美丽的画。这时，我才懂得姨妈为什么一脸倦色，这些天她确实够忙的。

噢，我的心突然酸楚起来，因为罗薇绷着脸走了进来，她果然消瘦多了，精神也不太好。我招呼她，她不作声，用手拉拉我的袖子。进了小间，她关上门，这才说："人家等得你好苦呵。"

我拿出礼物，她当场就打开盒子剥了一颗。我问她刚才去哪儿了，她说去看她奶奶了。我说："舍不得离开奶奶？"

她否认说："总不见得一辈子都守在奶奶的身边。"

"那么，搬了家下学期就得转学，你愿意离开最要好的同学吗？"

"我可以跟她通信，离得远才能考验我们的友谊呢！"罗薇回答得很干脆。

这下我倒开始想起那个脸很白的男生。既然罗薇并非眷恋奶奶和好朋友，那么是否与老在对面窗边"侦察"的男孩有关呢？于是，我转弯抹角地提起他。

"别提他，哼，这种人！"罗薇说，"前几天，我们班去秋游，半路上碰到个疯子要打人。他呢，逃得比几个胆小的女生还要快！这种人，成绩再好也没有用，至少我看不起！"

我没作声，心里却有了几分愧意，仿佛已经伤害了那颗脆弱的心。我不打算再盘问什么，因为我向来不习惯充当这种角色。不料，她却主动对我说："这个小房间很舒服吧？可我想离开这儿，单独住。"

"想去哪儿？"我忍不住问。

"你说去哪儿好？"她两眼直直地看着我，"你能帮我找个地方吗？住几天也行！"

"那不行。"我急忙说，"那样的话，你妈妈会伤心透了。"

"可我也很忧伤……"她的眼圈也红了，"算了，我不求你帮忙。刚才的话我收回！你记住，收回了就等于没说。"

"能告诉我你的想法吗？罗薇，或许我能比别人更理解你。"

"不可能。"她说完又改变了主意，"好吧，你别问了，明天我给你写信。"

我没强求她，我发现自己也开始不由自主地维护她的意愿。这对她是否有益？因为把她放在显要地位并慷慨地给予她明快色调的人已经不少了。我感到内心隐隐约约地有了些不安。

第三天的黄昏，我果然接到了罗薇的信，打开一看，称呼下面的显眼位置上写着这样一句话："你很忙，不必回信。"接下来，她便在信里诉说自己的不幸："发生了那件事以后，我觉得眼前一片昏黑。原来，看起来挺爱我的妈妈并非真正爱我，我算看透了。我打算远远地离开她，让她一个人去后悔。你知道吗？我心里苦极了，十分失望，那件事给我的打击太大了。"

究竟发生了什么大事？可惜，她信中没提起。下班后，我心急火燎地赶到姨妈家，一进门就呆住了。房间里乱糟糟的，好像刚经过一场洗劫。罗薇不在，只有姨妈一人坐在那儿擦着红肿的眼睛。

我忙问："怎么回事？""她走了。"姨妈失魂落魄地把罗薇的留条拿给我，"我不懂为什么她要这样做。"

留条显然是带着很浓的火药味的:"我把我的东西拿走了,不再回来。既然你并不需要我这个可有可无的女儿。"

"她现在住在哪里?""她奶奶家。"姨妈说,"刚才我去过了,她见了我就像见了个陌生人。"

罗薇好像并不是一个喜欢无事生非的女孩,我想,她发这么大的火,矛盾闹得这么厉害,肯定是有原因的。可是姨妈再三说,最近她一直忙着收拾房子,起初罗薇也想早点搬家,母女俩连口角都没有,没想到突然间女儿像变了个人。我问:"从哪天开始的?从她生日之后吗?"

"生日?"姨妈叫起来,"哎呀!那几天一忙,我把这事忘了!我知道了,她肯定是为了这事才那么干的。好了,现在终于摸清情况……这孩子,她为什么不提醒我一句!"

见姨妈那么兴高采烈,我的情绪反而坏起来。诚然,那个独自一人度过十四岁生日的少女值得怜爱,但那个被几副担子压着的母亲就应该受谴责?如果这样看就太不公平了。难道这个聪明、懂得感情的女孩子分析起别人来能头头是道,对自己就完全成了另一回事?我摇摇头,想把这不愉快的念头赶走。或许,罗薇还另有原因。我这么希望着。

我于是又匆匆忙忙地赶到罗薇的奶奶家。推门进去,只见这个女孩正若无其事地一边看一本杂志,一边悠闲地嗑着美味香瓜子。不知怎的,我挺生气,同时也对姨妈的那幅《母与女》有了一点不同的看法。

"呵!我知道你要来的。"罗薇满面春风地朝我伸过手来,"来,把回信当面交给我吧。"

"你不是写明不必回信吗?"

"可是，"她挺委屈地说，"我还以为你仍会坚持写的。看来，你并不理解我。"

我说："想让别人理解你，你就得试着先去理解别人。不能光一味地对别人提要求。"

她带着一脸不高兴："我知道你在指什么，可是，我绝不会忘记我在需要妈妈温暖的时候，她跑开了。你知道，她连我的生日都忘得一干二净。我一生只有一个十四岁的生日……再也无法弥补了。"

我真想大喝一声："中学生，你把自己看得太重要了！"可我不忍心这样做，十四年来，她亲爱的奶奶和妈妈已经使她习惯这样考虑问题了。我只说："要知道，你妈妈好些天正忙着为你布置小房间，她……"

"我不要听！不要听！"她很凶地嚷着，"不管怎么样，我不能原谅她……"

"你说错了！"我终于发起火来，"应该是她不能原谅你，因为你太任性，太自私，你只会为自己考虑！"

"我……我不是那种人。"她小声地嘀咕着，很不满地说，"如果……如果你真把我当成这样的人，那么就把那个记事本还给我好了。"

"我也是这么想着呢。"

话一出口我就后悔了，因为我看见了一双噙满泪水的眼睛，尽管里面带着哀怨和失望，但仍未失去一个十四岁少女的真挚和认真。随即，她跳起来，夺路而去。

这是一个无法弥补的过失，虽然事后罗薇并没有来索回她的礼物，可我懂得，我已经失去了这个女孩的信任和友情。于是，我又常常想起她身上那些难能可贵的闪光点。

　　画展将闭幕的那一天，我又去了展览厅。因为这几天，我总想着那幅《母与女》，甚至还形成了鲜明的看法：如果画面上的母亲和女儿各自都占着自己的那一半，那么这幅色彩明快的女儿和深沉凝重的母亲的画面也许看起来会更和谐，而且，更有现实意义，至少对罗薇有好处。

　　突然，远远地，我看见一个同罗薇挺像的女孩子伫立在那幅《母与女》前。于是，我绕开了。

　　我希望那就是她。哦，罗薇，努力吧，还有时间。一旦跨出这一步，你就会拥有一个更大、更新的天地。

瑞黎姨妈

在我母亲这一辈的姐妹中，瑞黎姨妈是最美的一个，她长得高大丰满，眼睛很媚。她的衣服都有些像戏装，镶边、圆摆，换了别人穿一定变得俗不可耐；可她一穿，却落落大方，举手投足之间总透出种阔太太的韵味和做派。我小学将毕业那会儿，特别崇拜瑞黎姨妈，因为迷的影星们个个遥不可及，所以就把热爱一股脑儿全给了她，常常一天中两三次敲她家的门。

瑞黎姨妈只有个独生女大美，长我一两岁，刚上初中。她对我的登门造访总显出探究的神情，我觉得她迷迷惑惑的，总像在做梦。大美与她的母亲有点像，可惜都像在缺点上，比如鼻子略尖了一些。因为大美缺乏她母亲的那种风度，所以这些缺点就很醒目，不容人原谅似的。

瑞黎姨妈也常称大美是丑女，一边却忍不住上前去把大美的刘海弄弄蓬松，埋怨说，额角平了更显得鼻子尖起来；大美却躲躲闪闪，趁她妈不注意，又把刘海抚平了。我想，有个太漂亮的妈妈，说不定是不愉快的，特别是女儿长相平平，别人都会点点戳戳，仿佛这女儿天生是个倒霉蛋。那时，我走进瑞黎姨妈家，总要看一眼她的结婚照，照片中的她美好端庄，仙女下凡一般。据妈说，瑞黎姨妈很上相，本人绝没这么好看；

可瑞黎姨妈却说，这张是平平常常的纪念照。她显然是中意它的，将它挂在最醒目的一面墙上，进门者会不由自主地被它吸引过去。坦率地说，新娘边上的新郎、我的姨夫孝康则显得逊色。他穿着咖啡色西服，太挺括了，反倒像层壳，现出瘪瘪的躯体；他的眼睛幽幽的，极温顺，似羊的眼，即使在照片上，我也不敢细看，仿佛那里会无声无息地流淌出淹没人的神情。人们都说孝康姨夫当年曾是风云人物，极有本事。不知怎的，我总觉得有些像假的。

瑞黎姨妈鼓励我去找她，她病休多年，有些寂寞。我一到，她会端出口味绝好的小点心来招待我。她的迷人之处就是从不把我当小孩，有时还跟我说说体己话。但她不容我流露半点对孝康姨夫的轻视。我说他怎么整日不说一句话，她就说，男人最忌婆婆妈妈；我说他长相平平，她便说，男人有本事就行，再说姨夫不聋不瞎，眼睛不斗鸡，蛮有派头的。瑞黎姨妈见我哑口无言了，才宽慰地笑笑，用花色素净的手巾拭去鼻尖上的小汗滴。她喜欢说她没嫁错人，事事都能把握自己的命运。我想她确实是个成熟老辣的人，功力深厚。

然而大美却是弱弱的，很散淡，是那种身材苗条穿白衣白裙的柔女孩，在班里有个雅号：林妹妹。其实在同龄女孩中，许多人将此视为美称，可瑞黎姨妈很愤恨，说：林妹妹只会哭哭啼啼的，什么都靠别人；做薛宝钗才好，有心计，那才处处不吃亏，再说，人也长得福相。

大美"啊"地叫出来，捂住嘴笑，说："谁要福相，地主婆才喜欢这个词。"

瑞黎姨妈用手点着女儿，恨铁不成钢地说女儿没头脑没城府。

大美可能令瑞黎姨妈大失所望。姨妈显然喜欢同她脾性相投的人。记得她的朋友个个精明机智，聚在一块儿时一个个都话锋犀利，谈吐深刻幽默，那一来一去的妙语让旁人大开眼界。我总觉得他们的交谈很像磨刀，越磨越精彩。可大美却是另一种人，散散淡淡，只知用手绢包些新鲜的花瓣。

暑假里，瑞黎姨妈开始手把手地教女儿绣花，她说女红这类活儿永不会过时，多一门技艺多一条路。我听后催命似的让妈找出绷架，天天凑热闹去。大美绣花时，瑞黎姨妈总是严厉地瞧着她；大美穿线时留长了些，她便挑剔地说，懒人放长线。后来大美总捧着绷架偏过身去，用单薄的脊背对住她的母亲。

相反，瑞黎姨妈对我很和蔼，绝少责备，可不是爱，因为她眼里没有那种看后代的目光，只是教我技艺罢了，那同对大美的牵肠挂肚的着急劲是区别很大的。有时她也悄悄地观察我，冷静、客观，像在分析一个对手。

妈很不赞成我老跑瑞黎姨妈家，而且还说瑞黎姨妈的坏话：什么有大女人主义啦，什么把丈夫和孩子指挥得团团转啦。其实，妈并不知详情：孝康姨夫自有一套，他总是不声不响地给瑞黎姨妈个软钉子。比如：他极有耐心地听妻子数落女儿，却不表态，听罢就站起来不慌不忙地擦皮鞋；随后就形象一新地出门去，临走时很周全地跟妻子道别，也忘不了轻轻地拍拍女儿的脸。

瑞黎姨妈并不生气，还说姨夫聪明，可她自己却拒绝那种聪明，大美的事不分巨细她都要过问。无论大美跟哪个女孩接近点，她都怂恿说，带你同学回来玩。大美不知是计，往往带朋友来玩。瑞黎姨妈就跟那人细细攀谈，察言观色。待人一走，

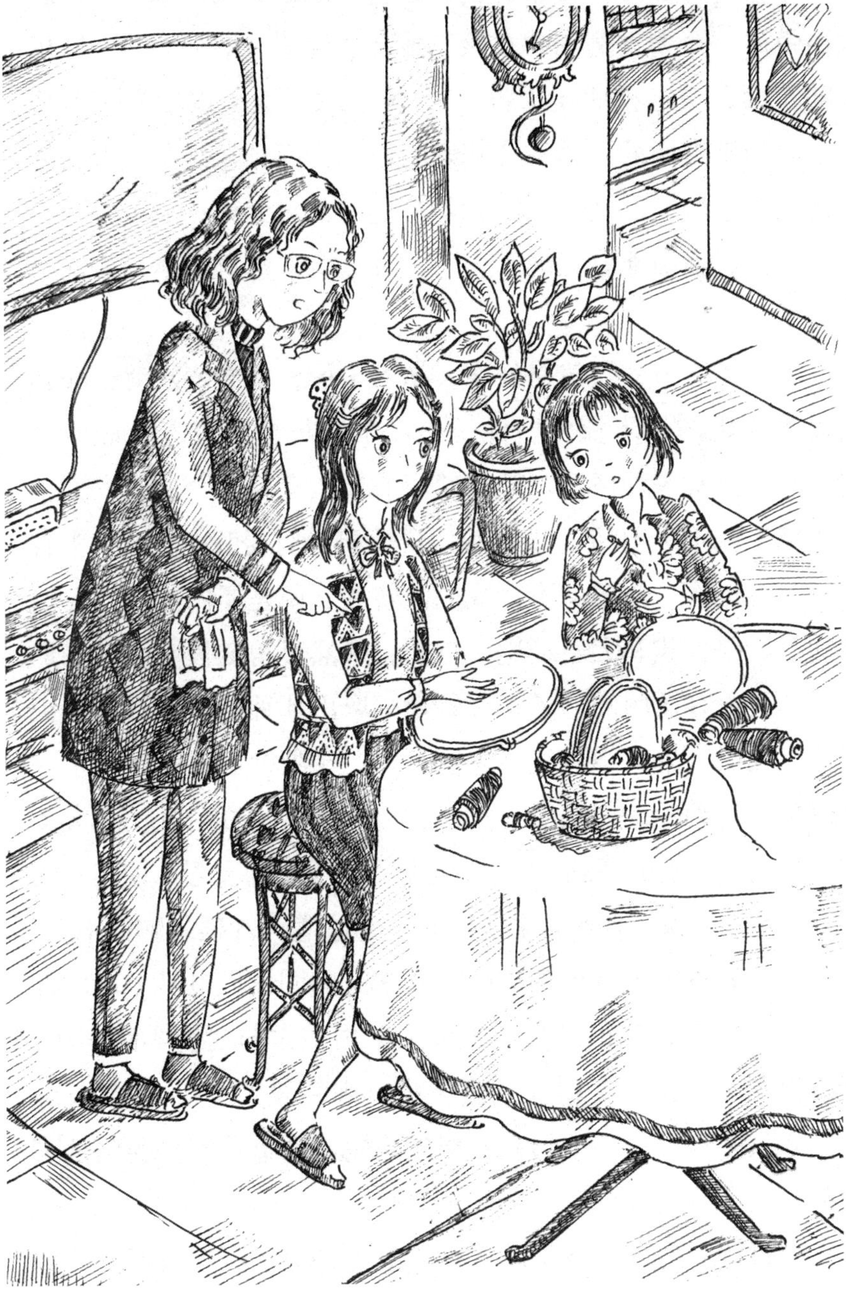

她就说"有什么好，小姐脾气，这种尖腮的人交不得"；倘若大美带回一个大大咧咧的女孩，她又会说"一个马大哈，肚里没啥东西，交这种朋友干吗"。一来二去，大美的朋友都散伙了，因为她带回的人都不合姨妈的口味，而且经她一点拨，果然是显出了她们的缺陷，使交朋友变得索然无味。大美先是有点忧伤，可渐渐地就无动于衷了，只是后来她再也不肯带同学回家了。

那一年春节，天气格外冷。初一早晨，瑞黎姨妈就让我和大美坐在她的红木梳妆台前——那个梳妆台后镶着一面硕大的圆镜，很有一种情调。瑞黎姨妈的梳头家什很全，光大大小小的梳子就不下10把。瑞黎姨妈说要打扮打扮我俩。她梳头有点麻辣辣地疼，梳罢又不让我们乱转头，说是要保护发式。但她确有一手，我和大美经她一打扮，果然显得挺拔、漂亮。那一天，是贵客盈门的日子，瑞黎姨妈取出那种长命富贵的金锁片让女儿戴，大美嫌俗气，老往旁躲。瑞黎姨妈斜斜地乜了一眼，说你不要就给表妹戴，她语气中带着威慑人的压力，可大美却只接受字面上的意思，忙不迭地将那传家宝塞给我。瑞黎姨妈正在搓水晶汤圆，假装没看见；可搓着搓着，却揉起胸口来。

上门的贵客中有个瑞黎姨妈女中时的同学，也是个风度翩翩的女人，衣物都很昂贵。她带来个男孩，与我们年龄相仿，脸长得端正，两条粗粗的剑眉像描出来一般，装束也很得体。他是客人中唯一的一个男孩，瑞黎姨妈就叮嘱我和大美陪他聊聊天。

没料这个男孩一下子就对大美好上加好，两个人谈得滔滔不绝。男孩高大美两级，竟是同校的校友，他俩真有点相见恨晚。男孩当场哼了一支俄罗斯名歌，感情充沛，又带一丁点儿忧愁，我们听得都醉了。就在同一天，男孩还约大美以后一块儿去听管乐合奏。那浓眉大眼的男孩没什么过错，大美这天的确美若白雪公主。我只是暗暗杞人忧天，待大美不梳这种发式了，他会不会不理睬她？可事实证明，他们后来一直很亲密。瑞黎姨妈不久也察觉了这个秘密，她不动声色。有一天，她请男孩和他母亲一块儿来家吃饭。待酒菜上桌了，瑞黎姨妈猛喝了两杯，就跟女中同学热烈地攀谈起来；那两个小辈也放松下来，说起悄悄话。突然，瑞黎姨妈指着大美训斥起来，说她不懂规矩、不知道孝顺父母，责令她立即离开饭桌。大美面对这劈头盖脸的叱责，简直傻了，夺路而去。从此瑞黎姨妈的女中同学就很少上门；更伤心的是那个男孩，因为大美再见他时，总是低着头一阵疾走，只留给他一个淡淡的美丽的身影。

大美失魂落魄了一些天，瑞黎姨妈总是好声气地照料她，仿佛对一个病人。可大美似乎很难被溶化，两腮浅浅地陷下去，嘴角出现两条似隐似现的折皱。后来，瑞黎姨妈对我说，大美太软弱了，不快刀斩乱麻不行。我转过身去看别的，她就说，父母为什么舍得打孩子，因为他们打时只想到是打一种坏习气。我抵触地想，那也不该伤大美。她立即察觉了这件事不妙，旁观者都发怒了，别说大美了。

大美同她母亲的决裂先是悄然地进行着，终于有一天，裂口断为两半，发出一声脆响。这事起因于大美学校新来的音乐教师。那年，大美已升初三，但还是郁郁寡欢、不苟言笑的林妹妹。音乐教师是个活泼的大女孩，她发觉大美音色不错，就要吸收她入合唱团。瑞黎姨妈对那女教师极为排斥，所以大光其火。大美答应说不参加的,但第二天去学校,经大女孩一鼓励立刻就反悔了,自作主张就报了名。瑞黎姨妈见一切走了样,自然恼火,况且在争大美的拉锯战中成了败者,更是存下一口恶气。她常奚落说,那音乐教师穿着皮大衣像个熊猫,又毫无边际地指责那大女孩头发卷儿烫得太密,半夜走出来非吓死人不可。总之,我深切地感觉到那个胸有成竹的瑞黎姨妈不见了,她似乎乱了方寸,有些心虚,说话快得像跟人吵架,讨人喜欢的气质越来越少。

大美深深喜爱那伶俐的音乐老师,跟那大女孩在一道就笑声清脆。每次听到她妈谩骂她的朋友,她就抖抖的像发疟疾,不知是灰心还是愤怒。母女两个的对峙越来越激烈,大美总逃避着。终于,孝康姨夫也察觉了。怎么回事?他木头木脑地问妻子。瑞黎姨妈对此缄口不言,因为她不会承认自己的失策——对谁她都这样。据说,大美向父亲倒了苦水。孝康姨夫一向声称自己缺乏长辈的见解,从不过问这些,此次也不动干戈,特意对妻子关照说"让她随意吧"。

瑞黎姨妈步步都很难。孝康姨夫的话分量不轻——这个好人过去看到瑞黎姨妈跟人说话都会退得远远的,恭敬得出格。瑞黎姨妈于是又开始熬治胸痛的中药,但从那天起,她像忘了那音乐教师,直到去世都没提过她——因为那人让她初次丢了自信。

大美初中毕业前夕,班里同学都相互把纪念品送来送去。大美也打算买些礼品。"不行,"瑞黎姨妈说,"买礼品是件复杂的事:礼送重了,让人于心不安;送轻了,又让人笑你吝啬。"一席话说得大美脸色暗下来,但她始终不愿提出由瑞黎姨妈去代办，不给她一点出力的机会。有几次，我都撞见她们母女端坐一方，漠然相对。

考高中时，大美自作主张报考了寄宿学校，居然被录取了。这一次，瑞黎姨妈没从中作梗，也许她已清楚这是条下策。她咧着嘴告诉我，这样更好，让这人到外面碰壁去。我很想说她"太自信，却偏偏忽视别人的自信"，可我终于没说，因为她的黄金时代已过去，此时她眼里全无了昔日的光彩；虽然她仍穿着酷似戏装的圆摆服装，头上无一丝乱发，但她的勃勃生气已荡然无存。

表姐一周回来吃一顿晚餐。她们母女相处仿佛都很小心翼翼，话很少，大概双方都有未结痂的创面。大美坚持这礼节性的"拜访"，即使刮风下雨也从不间断，仿佛成了个法定的日子。瑞黎姨妈也镇定自若，从不主动去寄宿学校探望女儿。我曾多次想生出些事来使这对母女恢复情分，可都被孝康姨夫吓退了。他说，相安无事就好，已经进步了。

那一阵我正准备期末考，去瑞黎姨妈家的次数日减。后来，每天黄昏时她都上我家来聊会儿天。话题很散，有时她说夜里常常无来由地听见马叫。表姐恰恰就是属马，可她从不提对大美的种种思念，也不许我提。她说到大美，往往感情平淡，像谈一个我们共同的熟人。

"大美出世时就吓了我一跳，"瑞黎姨妈淡然地说，"孩子的脸相很陌生。我想有个相投的女儿，让我告诉她坎坷。女儿失败了，就等于母亲也失败了。"

为什么？我惊讶起来，忽然觉察出其中难言的悲剧和隐痛，可惜瑞黎姨妈轻巧地转开话题。她回家时，步子有点晃里晃荡不平衡。后来她告诉我,那时她早已骨痛难熬了。

瑞黎姨妈得的是癌,已经扩散了。孝康姨夫闻讯后如五雷轰顶,一夜之间,头发便白了一半。他不停地给妻子倒水,劝她歇息,双手不可抑制地颤动——瑞黎姨妈立即懂得了自己的病情。她确实是个独一无二的女人:她照样下地打发走孝康姨夫新雇来的保姆,然后支撑着管理家务。我永远忘不了她带着病容虚弱地微笑着,向我说她的病情。她为什么这么坦然,无人知道,也许连她自己都不清楚是什么在支撑着她、不断地强她所难。

大美搬回家来了,在她妈的床边搭了个铺。母女俩度过了共同的50天。在一个很美的黎明,瑞黎姨妈去世了。临终前,她仍神志清醒,能叮咛所有的意愿,她留给这世界的最后一声呼唤是:我的大美。这是她许多留恋中最深的一种,她最终还是无法掩饰它。

大美悲痛了好久,胳膊上的黑纱换了一块又一块。她老说心里发空,我相信这是真实的感情。大美敬佩母亲,可拒绝成为母亲那样的人,因为她也难以成为强人。她后来又同那个唱俄罗斯歌曲的男孩成为大学校友,但终未成眷属。大美后来找了个同她一样散淡的小伙子,过着平静、快乐的生活。

大美举行婚礼那日,我也来贺喜。我在宴会上看到了孝康姨夫,他的头发白透了,变成个慈爱的老大爷。他仍套着几十年前的那硬壳似的咖啡色西装,脚上的皮鞋还是光滑油亮。记得瑞黎姨妈刚去世那会儿,他大病了一场,后来却如枯木逢春,一天天强壮起来。他很少出门,常常坐在他们的结婚照前。偶尔我也去看他,他会指着照片上的美丽的妻子说,她真罕见。

孝康姨夫从不提瑞黎姨妈的成功和失败,我想,他一定觉得"罕见"二字已经囊括了千言万语。

孤单纪念日

在校园里，这一类稀奇古怪的闹剧常演常新，比如某女生的眼镜盒找不到了，最后发现被人扔在垃圾箱里；或是某男生充当好汉从高处跳下，结果磕掉了半颗门牙。而这一次，事态更严重些，是黑板上出现一幅粉笔画，画了些穿裙子的小人儿，都长着猪头，边上还配着嘲讽女生的没头没脑的话。

这绝对是触犯众怒的。一时间，女生们开始声讨男生。其中有个姓史的女生，长得人高马大，听说她常常要揍那些看不顺眼的男生，反正，挺女权的。这位"女中豪杰"提议在黑板上改画男生长猪头，以示女生不好惹。一时间，应者如云。

我也不知道自己是怎么说"不"的，我说这么做无非是给校园增加一出闹剧，还不如暗中学几手男生的开拓性思维。我说到这儿，史同学已经气得五官错位，两只铃铛似的眼睛仿佛要飞出无数发炮弹。

从那天起，我被神秘地晾在一边。据说史同学背地里给我定了个"叛徒罪"，并逐个找跟我有交往的同学说悄悄话。

独自穿行在校园里，感受着一种在人群中的孤单，我为自己定了个"孤单纪念日"，一个人咬紧牙关对付孤独。那种害怕被众人舍弃的心情常常在梦中出现。我的感觉糟透了，仿佛原来走的是美好明净的大路，却突然莫名其妙地误入险象环生的崎岖小道。

我开始留意书刊中关于战胜孤独的办法，有一种方法是深呼吸。我甚至还发明了自己编的"深吸舞"。只是那种舞跳起来得做夸张的吸气动作，有点像垂死挣扎。

另一种办法是跟邻班的一个女生学的，她很孤单，并说这个世界不公平，她干脆躲在心灵的阴影中，把世界看成是敌意的。她看见有人笑，就会说："你为什么不想想哭的时候？"看见别人穿漂亮的衣服，就认为这无非是给别人看的；她要是撞上谁在唱歌，哪怕那人嗓音出众，歌声婉转，她照旧会说："哪有鸟儿的歌声好听？"有一次，我的作文得了奖，放学后，她特意一路寻来，说："你永远比不上莎士比亚！"

我忽而感到，我永远不要像她那样！我需要友情、爱和人们相互间的携手。于是，我制订了一个计划，每天主动出击，跟一位同学说话，建立"外交关系"。我没想到，一切都那么顺利，到后来，女同学们交头接耳地竞猜我下一个"建交"的会是谁。甚至，当我叫到史同学时，她昂着头，大声说："到！"我的"孤单纪念日"就此告一段落。说实在的，我很感谢它让我体验到孤独的心境，它有点伤人，却太自然了，那是全人类都会有的感觉，因为人既是社会的人，也是个体的人，于是，孤独常常是一种真实的情怀。只是，高明的人往往能走出它。

许多年后我才听史同学说，当初她们之所以排队似的与我和好，除了同学之谊，还有就是她们敬重熬得过孤独的人。

有人说回忆过去的生活，无异于重活一次。说实在的，我欣赏这句话，并且常常会在我的那个"孤单纪念日"里重温当时的心境。

忽而想起在孤独的日子里倾听风声，在那时渴望着变得完美，以及几近绝望地对友情的祈求，我不由得喜极而泣：它使我的心灵成熟、升华，并不再害怕孤单，更何况，人与人的相携共进是如此美丽，如此充满契机。

友情的颜色

我这人不算生性怯懦，可刚进中学那会儿却惴惴不安了一阵子。小学的好友各奔东西，而新的班里没有一个熟识的。更糟的是，除了我这个独行侠，其余的同学都相互熟到可以叫出对方的小名。比如我的同桌，每日课间总与别的女生三五成群，额头碰额头说悄悄话，间或还朝我这儿指指点点。

尔后的几个课间，我干脆跑出教室，可偌大的操场人满为患，似乎只有我形单影只。我不知怎么改变处境，但我确信，我心里渴望得到善待，盼望有人在意，有人大声叫自己的名字。

真正的改变竟是如此简单。那天，我的课椅突然坏了，一条腿瘸了。同桌眼里流露出些许担忧，我便问她是否能陪我去总务科报修，她答应了。她和我一路走时就笑起来，说原以为我有点拒人千里，到处说我是天下怪人，现在才知说错了。

同桌是个大眼睛女孩，说话语速极快。后来我们成为好朋友，我曾多次受邀请去她家玩。她家住在沿街，房门终日大开，坐在床边就能看见汽车飞驰而过。她的母亲年纪很大了，但极其和蔼，只是说话有点不合时宜。同桌于是常常打断母亲的唠叨，把她新拍的照片给我看。她在照片里总是容光焕发，额头特别光亮。

渐渐地，别的女生也开始与我靠拢，我们在一起谈话，或从每个人的字迹里分析性格，或聊起神奇的漂流瓶，或聊起什么第二次世界大战。每逢这时，同桌就有些寂寞，她插不上话。有时放学，别的同学约我去家里借书，她总是一脸怅然。

很快，同桌又有了新朋友。那个女生爱吃鱼爱到极点，有人说她前世是一只猫。她跟同桌一样是个生活型的女孩，而且心直口快。她常对我说，同桌总提及我如何有才能。

那时我也另有了同进同出的好友，那种友情十分炽烈，有点排他性。好友见我跟同桌交往，常说些嘲讽话，意思是说我和同桌完全是两路人。坦率说，我很在意好友的话，人都是如此，亲密的人对你说"不"，会使你心寒。

恰巧就在这时，班里座位大调换，同桌调到好友边上。不消说，我和同桌的交往就此减少；偶尔我走到她课桌边，她会仓皇地站起来，仿佛在迎接一位远客。

再后来就是毕业，我和同桌互赠了礼物，在那一刹那，双方都有些惜别，毕竟，我们都付出过真情。分手后我和同桌没再联络，只和好友保持热线联络。也记不得过了多少年，我忽然收到同桌的来信，说她调至一个煤矿工作，第一个想到邀请我前往。

我坐着火车，日夜兼程匆匆赶去了，她的看重让我不愿耽搁，仿佛是听到了不可抗拒的召唤。因为不管走到哪儿，在我如数家珍地算着自己值得信赖的人时，她总在其中。尽管我们羞于说热烈的话表达感情，但友好、善意已是友情的本质。

离开校园多年，听到有首歌里唱着"人字的结构就是相互支撑"，心里仍是一颤。一撇一捺组成的"人"字，若缺了一个笔画，非瘫倒不可。人在校园中更是如此，若寻不到支撑你的友情，日子就会孤独、贫瘠，多少有点度日如年的感觉。有各种各样的朋友，就有各种各样颜色的友情，只要它们都姓"真诚"，就该将其紧拥于心。

天　真

忘记是从哪一天起，母亲说我变得不伦不类，说我懒惰，说我古怪，说我说话像吵架，总之劣迹斑斑；那年我念初二上，心绪不宁，再让母亲劈头盖脸地声讨，心情自然坏透了，真想在某一天，宣布以所有的人为敌，包括母亲。她看不惯我的样子，简直让我起疑心，怀疑她是否是我亲生母亲。我翻遍了家中每一个隐秘的角落，想找到什么孤儿院的出生证之类的证明，可又怕真的找到什么蛛丝马迹，半路杀出一个陌生的母亲来。直到有一天，母亲对我讲了她怀我时的感受，她的脸真切自然，装是装不出来的，于是我大受感动，相信自己一直在生母的庇护之下。

母亲总提一个叫阿幻的女孩，说她忠厚直爽，孝敬父母，节俭朴实。母亲说她时往往故意带点夸耀，用抬高她来贬低我，这使我伤心。阿幻是个天生的好女孩，规规矩矩，笑不露齿，而且确实是勤快，我对这类女孩本来心存好感，但被母亲这么一对比，再见到阿幻总有种别扭的感觉，感觉她有些做作。所以遇上母亲唠叨阿幻又帮她母亲洗衣服时，我会忍不住朝她翻眼睛，说："光会洗衣服有什么用，她数学没及格你怎么看不到？"

母亲一时语塞，因为阿幻确实少点思维能力，上数学课就打盹。她见我不准备以阿幻为榜样，就立下规矩强行让我勤快，首先规定我每天的脏衣服必须当天洗尽，不准隔夜。我当时确实喜欢把换下来的衣服塞东塞西，攒到没什么可换了才洗掉。母亲这个命令提醒了我，我开始有计划地换衣服，一天换一样，每天的活均等，不让某一天太吃亏。母亲拿我没办法，只说我洗的衣服拧得太湿，拖泥带水。其实，水滴够了就会停的，干吗绞衣服时咬着牙像要大干一场似的。但母亲不依不饶，威胁说再这么马虎就要削减我的零花钱。

零花钱才是母亲真正的撒手锏，就因为她知道我离不开零花钱。我喜欢吃各种主食之外的东西，蜜饯柜台中几乎找不到一样不中我意的零食，再加上糖果柜、干果柜甚至土特产柜、熟菜柜这么多好吃的食物召唤着我去选购。我的同学柳絮儿创下过吃巧克力的全班纪录：一下子吃掉一斤巧克力；我的最奢侈的纪录是，一口气吃掉半斤叉烧。母亲见我老是嫌家里的饭菜不合胃口，就断定是让乱七八糟的零食弄刁了口味。她还特意检查了我的指甲，找到一个圆圆的小斑点就大叫这是虫斑，说是再乱吃零食，肚子里的蛔虫会造反的。她劝我去把零花钱存起来，或者由她给我去银行开个账户。想到能开个户名时常与银行打交道，我立刻满口答应。不料，待我省吃俭用地存下一个月的零花钱，刚刚建立起一点这方面的自豪感来，冷不防让母亲兜头一盆冷水。她告诉我说，阿幻从小学一年级就开始存零花钱了。想到又同阿幻撞在一块，并且让她遥遥领先，我不由得气馁了，于是就吵着同母亲毁约，决计同银行断绝往来。

在母亲看来，我是出尔反尔，她最难以忍受的是不守信用。她根本不知其中的奥秘，不知是那个阿幻引起我的另择出路，因为她只是随口说起这些的，就像无意中说出一个口头禅。母亲大光其火，她甚至联想起我多年前的一件事：某个晚上我让母亲第二天一早叫醒我，等到第二日母亲按时叫醒我时，我又责怪她吵醒了我。母亲说我的秉性就是如此，然后她就叹息一声，表示她无能为力，因为本性是个根子，难挖。

我根本记不清母亲所说的事，事实上，我也不敢说这是无中生有，因为对这类事我从来就不去记忆，觉得不值得记。一个人如果把自己这么多年做的叫不响的事全牢牢记住，那说不定成天会愁容满面的。然而，母亲居然对此记忆犹新。我不知她还记得些什么，但从她那沉重的叹息声中，我知道她对我的一切了如指掌，我猜不出她会不会把我看成一个坏事做尽的女孩，因为我的一切毛病都暗暗地在她心中越积越多。

我的心中蒙上一层悲哀，我常常烦恼，周围的邻居、亲戚都反映我十分古怪，同人说话没有好声气。所有受过我气的人都异口同声地说我将来有苦头吃，他们发誓要看好戏，看我碰壁，连母亲都断定我不讨人喜欢。这使我彻夜难眠，白天说话语调就更加激烈，弄得大家对我的态度越发耿耿于怀，等着看好戏的人骤增，人们更习惯把我和阿幻作对比。

其实，我在同学圈中人缘极好，同学之间没人想对我管头管脚，也没人用阿幻来给我立个框框，因此同这些人在一块，我很放松，心情快乐，完全没有必要气势汹汹；然而同龄人阿幻在学校却不走红，大家普遍反映她市民气太重，有时爱搬弄是非，当然，她数学屡屡开红灯也是她不受重视的原因。有人说阿幻笨，在中学里，智商高的人才受尊重。

但是，阿幻在生活中表现出极大的智慧，她会给父亲织一双毛线袜子；家里来了客人她会招待得妥妥帖帖；有一次在路上遇到一个不三不四的人来搭讪，她居然胆大无边，也不惊叫，沉着地走向派出所，倒把那人吓呆了。大家都说她将来会是个出色的妻子，我听得次数多了，对这一点也坚信不疑。

对阿幻的这些特长，我觉得高深莫测，但绝对不带嘲笑。这是很微妙的，尽管我犟头倔脑地觉得自己要成为居里夫人式的女子，但心底仍很想有个心灵手巧的美称，对一个女孩来说，会些纤细的手工活是一种美德；能在将来成为一个出色的妻子，更是私下里向往的。所以我很想暗中检验一下自己是否有这方面的素质。况且，母亲是个编织能手，我期望她这个才能或多或少会遗传给我一些。

母亲织毛衣虽是半路出家，但居然发展极快。她最初是只爱书本的，后来对书本的爱薄弱了，织毛衣的爱好就乘虚而入。阿幻是母亲的最忠实的徒弟，常常带着毛线上门认师求教，她们头抵在一起磋商时显得十分亲昵，宛如老牛抚爱牛犊，那种亲密属于那种一脉相承的相通，完全出自内心。我坐在边上，总为母亲悲哀，因为她的亲生女儿竟不及外人那么懂得她。我在日记里自己同自己交谈，决定讨母亲欢喜。

我先后做过种种努力，比如开始对邻居、亲戚们笑脸相迎，尽量忘记他们刺人的责备，但他们却警惕地看着我，因为他们不会轻易忘掉那个凶巴巴的我，仍然只爱阿幻。后来我还找了毛线学织手套，几乎快织成了，却让阿幻一句话就破坏了积极性，她说那手套织得太松，像纱网袋。我甚至还诚心诚意地同阿幻做集邮的合伙人，把两个人的珍贵邮票收在同一个集邮册中；可有一天，她提出要用一枚邮票去调换一种新出的火柴贴花，我一怒之下，责怪她太蠢，缺乏眼光。阿幻没同我对骂，而是把属于她的名下的邮票全提走了。第二天，几乎所有的熟人都听说我背信弃义、欺负阿幻的事了。

我以为这倒霉的一页已经翻过去了。可一个周末，和颜悦色的阿幻又上门来，她新织了一件毛衣，想让所有的人为她捧场。母亲很看重师徒情分，所以她几乎是倾其所有赞美之辞。平心而论，这件毛衣织得精细，但它不像是真正的毛衣，是那种只适合在舞台上披披的永远不实用的服装。所以当阿幻扯住我硬让我发表意见时，我就说了实话。阿幻的脸色顿时就变了，要哭出来似的。她的颧骨那儿现出血丝似的猩红色，她急促地说："怪不得有人说你是管文桦第二，你真同他一样奸刁。"

这话对我无疑是当头一棒。阿幻居然能冷冰冰地说一句话让我面无人色，这本事我算是大开眼界，只有佩服的份。管文桦绰号"恶魔"，是我最痛恨的男生，他的特点是酷爱捉弄女生。他常常无事生非，把某个女生痛骂一通，或者对住女生拼命咳嗽；他骂人可以找到痛杀对方威严的话，有一次他甚至挥拳把一个女生的鼻子打得流血，总之，是一个蛮横刁钻的人。如今居然有人将我同他划为同类，这让我胆战心惊，无论如何也快乐不起来。

母亲很快就发觉了我的变化，说我那阵子厌食、郁郁寡欢，并且老盯着一个地方发呆。她其实是听到阿幻的话的，但她根本没听清隐含于字义下的内涵，她甚至是第一次听到别人提管文桦，所以她无法触及我的灵魂，只在很远的地方问很皮毛的问题。

我给阿幻拟了封信，措辞严厉地同她辩论。但我最终没寄走这封信，因为我一向讨厌人为地制造曲折；同时还有些害怕阿幻她是个表面平平而内在精力充沛的女孩。这封信如果经由她的嘴，不知会制造出多少传闻；我还想在管文桦惹是生非时痛斥他一顿，让所有的人知道我从不同他沆瀣一气，但转念一想，为这传闻去迁怒于管文桦太不公平。

我无计可施，只觉着要在滚滚红尘中长大并非易事。我一度心灰意懒，任何人同我说话，我都谨慎起来，不久就听到众人议论我成熟多了。实际上，我只是怕他们计较才把锋芒藏起来，不把真正的我交给他们。他们很愉快，唯一不愉快的是我本人，我怕从此迷失我的直率。

我很想离开本地，到一个新的地方，那儿没有阿幻，在那儿我能重新做一个说话单刀直入，虽然有小毛小病但心地善良内心自由的女孩，那是真正的我。

期末考试结束时，我的数学成绩考了全校第三名，得了个奖状。回家后，我把奖状卷成一个小纸卷扔在一边，母亲从来就不过问我的数学，她欣赏数学一塌糊涂的阿幻就是最好的明证。傍晚时，阿幻来了一趟，只是很甜地对着我笑笑，就找母亲问编织法了，她们很默契地谈了很久，好像还提到了这次的数学考试。

晚上，母亲对我说："阿幻是个很不错的女孩，我很喜欢她。"我说："我知道。"然后就很凄凉地扭过头去，不愿让母亲看到我脸上的酸楚。就在这一刹那间，我听见母亲明明白白地说："可是我更喜欢你，看重你。我相信下学期你的数学能得全校第一。"

这是母亲头一回肯定我。过去她总是用挑剔来促使我改变。多少次，满受委屈的我都想使劲晃晃她，对她说：妈妈，你别这样。我不敢说母亲表达爱意的方式是多么让人惶惶不安，但我早就发誓，将来我绝不这样对待我的孩子，我将明确地告诉她：你很天真，有很多缺点，但我仍爱你，相信你会完美起来。因为母亲这么一句话，孩子的心就定了，一切忧虑烟消云散。母亲的肯定就像孩子内心的一道阳光。

母亲迟到的表白赶到之后，我和阿幻也开始了崭新的交往，我和她永远不是一路人，但这不妨碍我们建立友情，取长补短，各有爱好。这年结束时，阿幻赠送我一个用毛线织成的贺年卡，她的朋友极少，在她心目中我是她最亲密的女友。很奇怪的是，她再也没提管文桦第二，我也没听任何人提这种说法，我很想向她打听，但一直没找到话题，所以这至今仍是个谜点。

老祖母的小房子

说不准是从哪天起,反正那天肯定是个改变人面貌的神秘日子,我跟琼枝两个突然偏爱起文绉绉的书面语了。只要相互对话时,我们就挖空心思地掺些进去,仿佛只有这些书面语才能显出我们的某种素质,而且还显得我们很脱俗,有点意气风发。

那天傍晚,琼枝下楼来找我。她新剪了头发,头部显得简洁。"呵!"她大大咧咧地在椅子上坐下,"不幸的事降临了,我们院里的老祖父奄奄一息了。"

老祖父是老祖母的丈夫,他们是这个院里年岁顶大的一对,没人知道他们的名字,反正大家都流行着称呼他们"老祖母""老祖父"。

"真吓人。"我说。在我的记忆里,老祖父常年有病,一直住在黑擦擦的小房子里,偶尔能看到他站在门前的空地上喘息,额头是焦黄色的。那个老祖母是个忙碌的矮个子老太,总是坐在门前做针线活,眼角那儿有着无数稠密的皱纹。但有一次,我看到她捏着针在那儿打瞌睡,头一点一点的。

"但愿我们永不衰老。"琼枝说道,有点漫不经心。我跟琼枝不大说起老啊、死啊什么的,总觉得这些字眼很灰,又是那样遥不可及。

我疑疑惑惑地瞧琼枝，立刻就注意到她那个该死的发式。耳朵整个儿地暴露在外，削成寸把长的头发让人想起下锅时的韭菜段。我说："肯听个忠告吗？这发式缺少美感。"

"哈！"她开心地笑了，"养母大人也抗议过。"

是该干涉一下了。她进理发厅后，总对捏刀剪的人说："尽可能地短！"理发师硬着心肠大练基本功。琼枝出理发厅时，发现理发师的眼神古怪极了，有点于心不忍，又有点幸灾乐祸。自那次之后，我死活不肯陪她去理发厅了。

"我就觉得留这发式头上轻极了，风吹着脖子。"她发了会儿怔，睁大眼说，"我真是缺了点什么吗？说不定是错投了胎，本来应该是个高大的男子汉。"

琼枝一定是感到了大家给她的压力。小时候，她那双大脚和丢光了扣子的外套挺有一番气概。那时大家称她是假小子简直是对她的一种抬举，不像现在带着点贬义，弄得琼枝心里烦得要命。

我们正说着话时，一股狂风袭来，细小的沙土沙沙地打在玻璃窗上。那是个昏暗的傍晚，一天即将过去，风声给人一种很空落落的感觉。远远地，跟着风声断断续续地刮来一个女人的声音："想开点……想开点……千万……"

"我姆妈在那里！"琼枝跳起来，"去看看！"

琼枝在前，我随后，到了那个小房子跟前。我们出乎意料地看见老祖母坐在门外。冷风中，老祖母那稀少的头发飘散着，人显得异常憔悴。琼枝的姆妈正围在老祖母身边。她在我的印象中是个老气横秋的女人，可在老祖母面前一站，突然显得皮肤光洁，生机勃勃，像个后生。老祖母实在是太老了，谁知道她是八十岁还是更老，反正她令人联想到一株老树，从遥远的过去跨过许多年代，风尘仆仆地活到如今。

就在这时，我们听到房子里有个男人在大声呼唤："爸爸！爸爸！"我们拥进去。里面没开灯，家具都是旧的，颜色发暗。一张古董一样的床上，老祖父平静地躺着，嘴角有点歪，眼神散淡，呼吸急促得像离开了水的鱼。

老祖母颤巍巍地走过去。蓦然，那个躺着的人眼睛亮了亮，说了句什么，含含糊糊的。大家你看看我，我看看你，都有点不知所措，只有老祖母连连点头。随即，老祖父像是害怕孤独似的伸出了双手，像要揽住什么，可却又缓缓地垂下来，慢慢地合上了眼睛。

"他怎么了？"琼枝问。她的眼睛睁得很圆。

"他去了。"老祖母说。她轻轻地把被单盖在丈夫身上，细心地把每一个褶皱都用手掌抚抚平，像是在进行一个圣洁、崇高的仪式。

琼枝的姆妈开始擦起眼泪来。她是个好心又伤感的人，看电视剧有时也要擦湿手巾，可偏偏哪儿有悲伤的事她就赶到哪儿发挥特长。

我们院里死了个人，当然是个遗憾。可目睹了这个场面，我跟琼枝都有点失望，原以为死人是令人恐惧而又惊心动魄的事，没料到竟那么平静，太不可怕了，就像一根蜡烛燃到了头，亮光跳了跳，然后就熄灭了。

接下来，老祖母的儿子每天都赶到这儿跟琼枝的姆妈商量怎么办丧事。他住得不远，据说有好几间住房，平日不常在这儿露面,这一次例外了。他把帽檐压得低低的,好像悲痛无比。这使我们感动,琼枝说他是个孝子。

大殓那天,几乎全院的人都去了,像过什么节。老祖母唯一的孙女也到了。她叫方百羽,在我们学校念高一,比我们高上一级,很傲慢,是全校数得上的美人。来参加追悼会,她却穿得五彩缤纷,像时装模特儿。我觉得她太做作,就尽量少去看她,可琼枝这个家伙却盯牢她看,这使方百羽一举手一投足时更注意它们的美妙化。

"喂,"我用手肘碰碰她,"注意力集中点,放哀乐了。"

哀乐奏起,人们都在默哀,琼枝凑在我的耳边说:"我是为方百羽难过。"

"你发疯了!"

"你想,她亲祖父死了,她也无所谓,真有点狼心狗肺。"琼枝说着,张大嘴做了个恶狼相。

追悼会结束时,我们在人堆里看到了老祖母。她显得那么弱,人小下去许多,像是让无形的力量销蚀掉一部分,陷下去的眼圈发青,脸上发黑的老人斑突然深起来,很突出,好像是不能再老了。

一个工作人员把老祖父的遗体推走了。他步履缓慢,好像那个被白被单覆盖着的、已经失去知觉的遗体十分沉重。突然,我心里顿了一下:老祖父会被烧成骨灰,然后被家人捧回去,死,真是冷冰冰的……

"呵!"老祖母突然叫了一声,接着又垂下头,木然地沉思起来。她的嘴唇不停地翕动着,泪水终于顺着她松弛的面颊滑落下来。那泪水很浑,显得滞重,是标准的老人泪。琼枝的姆妈啜泣起来。琼枝一面狠劲地扼住我的手腕，似乎仗着这个来努力克制自己，一面却拖着我靠近老祖母，脸部表情像个呆子。

老祖母天仙一般的孙女娇滴滴地推了一下老祖母："你快走吧，人家要笑你的，都围上来看呢！"

老祖母让那时髦孙女催得踉踉跄跄地向前走了起来。风烛残年的人走路像是没有步伐一样，像是刚学步那样走不稳当。我突然有了一种怜悯心，觉得她像个孤独的孩子，不能没人帮她。

琼枝抢在我前头去搀扶老祖母了。我揉了揉获得解放的手腕，然后跟了上去。我听见老祖母颤巍巍地问："是琼枝好姑娘吗？"

"是我，是我……"琼枝的嗓音有点变。

追悼会过后，老祖母一直病恹恹的。大家在背地里一边叹息，一边议论，说是老人的儿子打算接她走，要锁了这小房子，但老祖母很固执，再三地摇头。又过了几天，一切都恢复了原样。我们常常能看见老祖母在太阳下坐着，只是不再忙碌，也不再打瞌睡。每天我们放学，她总会那么说："是好姑娘回来了？"

她的声音很苍老，像是空心的，但语调软绵绵的，给人暖意。况且，我们是多么喜欢被称为"好姑娘"，特别是琼枝。

琼枝的姆妈是个好心肠的女人，因为她总会发现别人的好处。她说："老祖母很善良，你们小时候没少吃她的糖和糕饼，都忘记了？"

大概是有过的。但自从我们自己口袋里有了叮当作响的零用钱后，我们就开始不怎么喜欢跟戴老花眼镜的人来往了。现在，那些记忆全都醒来了，我们想起老祖母一向是爱我们的。

135

我问琼枝的姆妈:"她为什么不肯跟她儿子走?"

"也许是一个人自由些。"琼枝的姆妈说,"人老了,性情变了,喜欢清静。"

琼枝掰住她养母的肩说:"不对,老祖母一点也不孤僻,她一定是喜欢这小房子。还有,她也舍不得我们大家。"

我没说什么,琼枝的姆妈则直嚷嚷,责怪琼枝冒冒失失像个男孩,因为她的肩部立时就酸痛起来。琼枝怅怅地看着自己的一双大手。好在,琼枝不是个爱钻牛角尖的人,一会儿就又咧开了嘴:"姆妈还比不上老祖母,她叫我好姑娘!谁高兴做男的?粗得要命,还穿臭跑鞋,十个有八个喜欢吹吹牛,讨厌!"

老祖母就这样变得重要起来,成为我们的一分子。我们猜想她一定吃得极少,因为她的牙是假的;遇到阴天,她一定会愁眉不展;还有,她肯定天天服药,对医生的姓名很熟悉。不过,这一切都是那么空洞,因为用琼枝的话来说,"我们对老祖母一无所知"。

那以后,观察老祖母的生活就成了我们热衷的事。我们留意到,每天晚上,她的窗子里会洒出黄澄澄的灯光,那块窗帘上绣着雅致的花朵,仿佛里面住着个心里盛满爱的女孩子。还有一天,我们发觉她的屋子外面放着一桶干石灰,她正俯着身子,把干石灰一块一块地摊在地上。"说不定她想粉刷一下房子。"我说。

我们在琼枝家的阳台上朝下看。不一会儿,老祖母的儿子来了,带了袋水果,他见面就嚷:"你怎么又想起弄这个的!"

"想晒一晒,防潮,以后想把房子刷好。"老祖母很珍惜地瞧着那些石灰块。

"年纪那么大了，刷什么房子！将就着得了。"他不由分说地把石灰块扔进桶里，"白费劲，哪天拎到垃圾堆去倒掉！"

老祖母弓着背，木木地瞧着那些白乎乎的石灰块。我们真恨那个粗暴的男人！他这种笨头笨脑的人有什么资格干涉别人的美好愿望？多好啊，如果小房子能被刷成可爱的纯白色！世界那么大，每个人都有自己的一份！

那人前脚刚走，我们后脚就赶了去，把那桶石灰抬到空地上，让它们一块一块舒舒服服地躺在阳光下。老祖母静静地瞧着，亲切、友好地朝我们微笑。

"她好喜欢啊！"琼枝说。

一刹那间，一种快乐袭来。原来，老祖母需要我们，我们能帮她实现愿望，这多美！

"来，来，到里头说说话。"她欣喜地让着，在杯子里找假牙。她的嘴里果然是空落落的，原来是牙齿掉落了不少。

她的家几乎跟以前一模一样，家具都是暗擦擦的，但一尘不染。我还发觉桌上有一面心形的小镜子，夸道："这真漂亮。"

"老祖母的镜子！"琼枝叫道。

"早上梳头的时候用的。"老祖母说。

"哦！"琼枝说，"看来我也得有一面镜子，梳头的时候用。"她在镜子前探头探脑地张望。

"我去跟你姆妈说，"老祖母说，"鲜花一样的年龄，正是要漂亮的时候。多黑的头发，再看看自己，琼枝，让人欢喜煞！"

琼枝这回吃吃地笑，文雅了许多。据我所知，这家伙往日就喜欢用手指划头发。别说镜子，连木梳也省下了。

"老祖母也很漂亮啊。"琼枝冒出一句，还夹进些新名词，"非常有美感啊！"

"那是年轻人的事。老了，不在于漂亮，想整洁点，不让人觉得讨厌。"老祖母说，"老头活着时常讲，老人也是人，也想活得好一点。我也是那么想。"

"我们晓得。"琼枝说，"你还想刷这房子，是吗？"

"是啊。老头没病时，每天刷一点，没刷完，就病倒了。"老祖母摇了摇头，有点悲戚。

果然，四周的墙有大半没刷，灰扑扑的，还有一小半是白的，白得很孤独，好像是被灰色包围着的。真的，谁都觉得老祖父得病之前，有一阵子总是忙忙碌碌，满脸倦色，可谁都没有在意过。老人心里的一点愿望，谁也想象不出里面还蕴藏着一段动人的故事。

我真恨自己没在那时留意他们的生活，琼枝的感情比我的更热烈，差一点要淌泪。这两天，她是变化多端的。

后来，我们跟老祖母说了再见，她让我们常来玩。出了门，琼枝就做了一项决定："等放了寒假，我们来帮她刷墙。"

我点点头，假装是顺从她的意思，心里却得意非凡：称得上是好朋友，她的主张百分之百地像我的心思。

都走到楼梯口了，她突然忸忸怩怩地朝我笑笑，像个大姑娘："你说，我的头发真的好？"

"我说过一百遍了，你应该留长发，否则真可惜了那样的美发，"我说，"喂，'鲜花一样的年龄'，爱漂亮吧。"

话说到这儿，我陡地停住了，因为我头一次发觉琼枝的眼睛很美，很亮。

"你也是的。"琼枝说罢，就奔上楼去。

我心情激动地奔回家，对着镜子看了看，果然，很是容光焕发。这样真好，得好好珍惜，一点点也不能浪费掉。我想着，心里还存起对老祖母的感激。她多敏锐，在愁苦中还能发现我们盼望的东西。像琼枝姆妈，跟我们一天至少打二十个照面，却仍然发觉不了。大概，她把全部注意力都集中在琼枝的短发上，日日夜夜盼它们长得像雨后春笋那般快吧。

不几天，琼枝多了一面椭圆形的镜子，是她姆妈跑去买来的。我看见琼枝喜滋滋地擦拭它，而且，神不知鬼不觉地在光秃秃的额头上梳下一排刘海儿。呵，真奇妙，这么一遮挡，整个脸庞都变温柔了，显示出许多的女孩气。

"老祖母可真有本事。"琼枝的姆妈再三说，语气里还一遍遍地夹着些忧伤，"我的话，琼枝不听。"琼枝拉着我去找老祖母，她说："肯定是老祖母让姆妈买镜子的，我要谢她。"

我们跑进门去，看见老祖母正在拣青菜。她把菜分为三档，一档是黄菜皮，一档是中间的菜，另一档是嫩嫩的菜心。她听琼枝谢她，脸上的笑意全没了，只说："谢错地方了。"

"没错！"琼枝鼓着腮说。

"怎么没错？"老祖母也很固执，"镜子是你姆妈买的，她跑了路，花了钱，我不过动了下嘴。"

琼枝噎住了，看看我，搔搔头皮，脸上开始晴转多云："反正……没必要谢我姆妈。"

老祖母没理她，可能是耳朵发背，只说："下午你们去学校，替我带一包菜心给我孙女，她最喜欢吃呢！"

"那么，你呢？"我问。

"喏，黄菜皮不要了，我就炒菜吃。"老祖母很仔细地把菜心装进塑料袋，把它们包得像漂亮的出口商品。

这对我们确实是个艰巨任务，因为我们谁都不想跟那个娇骄二气严重的方百羽打交道，光提到她的名字琼枝就大叫受不了。"老祖母也真是的！"琼枝有点闷闷不乐，把刘海儿也撸到一边去，仿佛那样才能亮出爱憎分明的性格。

我问她是不是生老祖母的气了。

"那还用问？她待那个方百羽太好了，过头了！普天下——"琼枝晃了晃头，很得意那个书面语的运用，"普天下难找不爱吃菜心的人。"

结果，我们还是去找了方百羽。我们向她说明来意，然后把那包菜心递上去。方百羽向边上闪了闪，好像那是个点着火的炸药包。她还皱了皱眉，那又黑又弯、半圆形的眉让她拧得曲曲折折。最后，她终于收下了，但是，用两只手指捏着它，十分地不屑一顾。

"形容一下她这个动作。"琼枝命令我。

"像捏着一条死虫子。"我说。

琼枝弯下腰，抱住肚子笑个畅快。

放学后，我们俩一起回家。在经过学校边上的大垃圾箱时，琼枝站下了，流连忘返似的。"想做垃圾千金吗？"我问。

她严肃起来："我怕方百羽会把那包菜心扔掉，还好，没有。她总算还有点良心。"

我说："我觉得她没那么坏，无非是做作一点，装清高，装有气质。"

没想到，老祖母今天就坐在门口眼巴巴地等我们了。深秋的风很干，尘土到处飞扬，有一片落叶围着她转。她问我们："你们碰上我孙女了？"

"呵，碰上了。"我们异口同声。

她等着我们走近，又问："她没说什么吗？"说话间，她的眼睛眨了眨，显得又疲倦又困惑。

我推推琼枝，劝她跟我一块逃。我走了两步，那家伙却没动，而是糊里糊涂地美化起方百羽来。

"没……没……她说啦，问你好！"琼枝编造着，"对……对……她还说谢谢你啦！"

当天晚上，我们就听见老祖母乐呵呵地跟邻居们打招呼，逢人便说："我孙女可懂事啦！"

然后，她就把琼枝的问候套在她孙女头上，一字不漏地学给别人听，脸上还带着掩饰不了的心满意足，仿佛快乐正在涨潮，不由自主地冲来。

我跟琼枝两个躲在琼枝家。琼枝的姆妈回来，一进门就说："那个女孩子真体贴长辈。"说话时，她故意看着别处，好像在抱怨我们两个差劲。

我怪琼枝多嘴，琼枝怪我心肠硬，她说："我怕见她失望的样子，最好方百羽真是个有良心的人，心里记挂着老祖母。"

一连几天，我们常去方百羽的教室那儿转，巴不得她会问问我们老祖母的情况，这样，再听见老祖母抑制不住的快乐声音时，我们就不至于脸红心热了。老祖母的笑声缓慢、低沉，带着喘息和气管里的杂音，很让人震动。可惜，那时髦女孩对我们不闻不问，甚至都不正眼瞧人。

我们躲着老祖母，而老祖母却没忘了我们。一天，她摸到楼上来敲琼枝家的门——她大概知道那是我们小团体的一个"根据地"，一进门就说："你们两个怎么不去我那儿了？"

琼枝脸涨红了，手伸过来让我出面回答，我只好说："忙啊，功课太多。"

"在学本事？"老祖母郑重地说，"那就好好学，年轻时是得好好下苦功。不过，别太过分，累了就歇歇。"

"没工夫歇，功课像债一样逼得紧，"我趁机发发牢骚，反正老祖母是个顶公道的人，晓得女孩子的想法，"老是头疼脑涨。"

没想到老祖母一听这话就焦灼起来，唉声叹气，说是真要是逼紧了，脑筋用坏了可怎么好！她还问我们去学校怎么走，想到那儿找我们的老师。这一下，我们都吓白了脸。

"你可千万别去！"我们几乎是央求。她连连叹息："还是孩子呢，也该有些去蹦蹦跳跳的时间。我们老家有个人，就是让父母逼得太紧，读书读傻了。"

"后来呢？"琼枝问，"医好了吗？"

"那时候，哪像现在，医生本领那么大！"老祖母说，"我八岁那年，傻子就死了。都是老皇历，一些旧事总忘不了。"

"是那样啊，"琼枝松了口气，"几十年前的事！"

我赶紧补充道："现在不同啦，当代人的神经挺有韧性，再紧张也能挺住。"

老祖母疑疑惑惑地瞧瞧我们，这才答应不去跟老师提抗议。唉，刚才真悬！看她愁眉不展地往外走，琼枝背书似的一遍遍念："她是在为咱们发愁呢！"

从那以后,老祖母家的门槛也快让琼枝踏矮了。一有空,她就在老祖母那里。因此,那儿也成了我们三个的根据地。我们怎么也想象不到,我们这起初的对孤独老人的同情,是怎么发展成跨代的友谊的。我们有事常透露点给老祖母,因为尽管她那么老,却试着去理解人,而且,说的都是公道话。

天越来越冷,老祖母却一天天年轻起来。她穿得厚厚的,人显胖了,神气起来。每天下午,她都把热水袋灌好,等我们一到就递上来。

"琼枝,你穿得太薄了!"老祖母说。

琼枝变古怪了。今年天冷,她却只穿两件毛衣,有时嘴唇都冻得发青。我笑她硬充女英雄,她只对我苦笑,却什么也不说。

"我不冷。"她搓着发僵的手指。

老祖母说:"你姆妈没给你买棉衣?"

琼枝低下头:"那倒不是。"

琼枝的姆妈其实是喜欢琼枝的,尽管琼枝是她的养女。可是,这对母女总是别别扭扭的,好三天,接着又赌两天气。别人背地里说,不是亲生的,所以才合不来。琼枝的姆妈不知怎么听到这个流言,最近总是肿着眼皮,见了熟人就看自己的脚面。

"那就是你不对了。"老祖母说。

琼枝无力地说:"姆妈给我买了件红的,可是我喜欢白的,所以……"

"我真想打你一下,你太伤你姆妈的心了!"老祖母气得直喘粗气。她瞪了琼枝一眼,就巴巴地开始翻箱子,半天,从箱底里翻出一件小极了的小背心,红色的,但已红得不鲜艳了,上面绣着精致的花。

"这是什么?"琼枝问。

老祖母说:"说说过去的事吧!你小时候,最喜欢红的,你姆妈就给你买了许多红袄。后来你大了,穿不下了,我就问你姆妈要了一件,想等你大了让你晓得这些事。"

"哦,我那时那么小!"琼枝叫起来。

"可你那时候晓得跟你姆妈亲!"老祖母气呼呼地说,"你姆妈一定还记着你喜欢大红的!"

"可我……"琼枝捧着那件小背心,哽咽起来,"我一点都记不得了。"

我让琼枝弄得心里发酸,劝她说:"琼枝,你姆妈心肠很好,你的想法别瞒她,她是把你当亲生女儿的。"

"我也是的,把她当亲的。"琼枝一把一把地擦着泪,"谁把我养大,我就对谁好!亲生的又怎样?既然把我送了人,我就不认他们了。"

第二天,琼枝就把那件大红的滑雪衫穿上了,她的头发也留到了一定长度。这么双管齐下,可以说,她比方百羽要漂亮一倍,我敢肯定。她的姆妈夸琼枝比我还凶,把琼枝比喻成天仙,也不怕人家说她太偏心。

那件小背心就传到了琼枝手头。一说到它,琼枝就忍不住说:"跟老祖母在一起,能学到许多难得的东西。她什么都经历过了,我觉得她一点都不平常。"

"我们什么时候动手粉刷呢?还不会呢!"我说。老祖母待我们那么好,我们也得表表心意。

从此,琼枝老拉我去一些正在装修的店,去观摩人家刷墙壁。我们先是看得眼花缭乱，后来倒也看熟了，摸到点门道。

元旦的那一天，老祖母的小房子被刷得雪白，我们却没轮上动手，石灰一泡上，领导们就纷纷拥来，琼枝的姆妈成了临时总管，活跃在人群中。老祖母睁大灰褐色的眼睛，看着小房子的变化，松了口气似的叹了一声。

"想好久了，真好啊！"她自言自语道。

一刹那间，我感到今天是最快活的一天，帮助一个老人实现了一个小小的心愿。老祖母说过，活着，就要活得更好些。那种对生活的热爱是装不像的，我敬佩她，人老了，而热情却仍是年轻美丽。

小房子四壁雪白。在暖洋洋的气氛里，老祖母的儿子赶到了，他向大家道谢。可后来他却缩在房门口，悄悄地埋怨老祖母："这么大年纪了，何苦！"

"你不懂，"老祖母的脸让风吹得更皱了，"可有人懂，你爸他也懂的。"

"我是搞不懂。"他嘟嘟哝哝地说。

我跟琼枝用眼睛乜斜他，表示鄙视。我们两个躲在一旁猜测，说那人到老了后，一定是个成天苦着脸悲叹这也不好、那也不灵的人，而且是住在黑擦擦的地方。因为在他看来，老人就应该如此。

我们很高兴我们比那个人有眼光。看着他那个怅怅的背影越走越远，我们就觉得自己很高明。

过了元旦，老祖母的背更驼了，看人恍恍惚惚的，我们走得离她很近了，她才敢认。只要出太阳，她就把箱子里的衣物拿出来晒。有一次，我们看见有几件老祖父留下的旧衣服，她

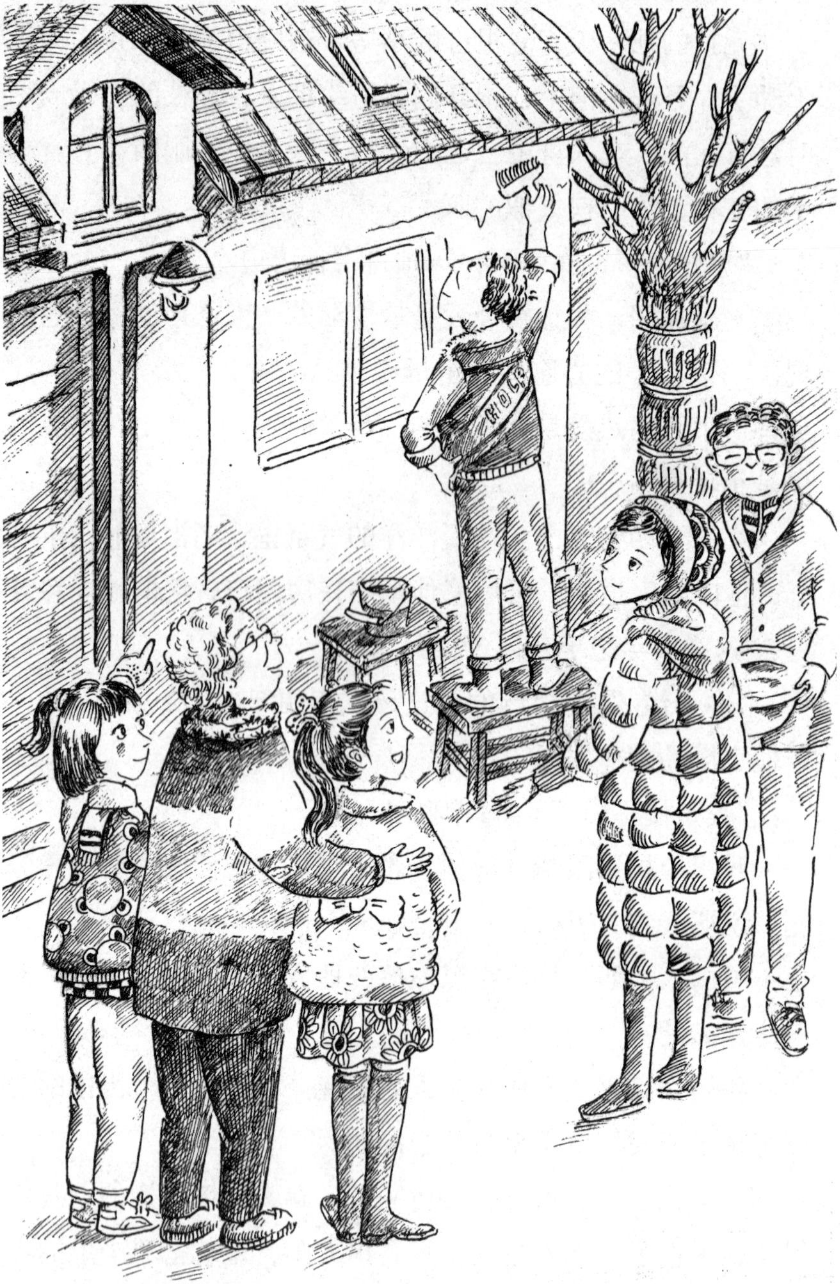

把它们叠得整整齐齐，还在中间夹了些樟脑丸，仿佛开了春他要回来穿。

"你想老祖父吧？"我问。

"习惯了，"她说，"几十年都是那样，不做就成了心事。"

琼枝假装喉咙痒，干咳了数声来掩盖尴尬："老祖母，老祖父去世前跟你说什么了？"

老祖母理了理令人肃然起敬的银丝一般的白发，眼里有了点淡淡的忧伤："他说：'对不住了，我先走一步。'就是那个意思，现在趁还有点力气，我想把一些心事都一件一件了却，以后见了他，就不再分手了。"

我们谁都没有意识到这是迷信，我们希望真会那样，也许，真会的。老祖母那么安宁地谈到了后事，她什么都不惧怕，因为她有阅历，生活教会了她一切。

琼枝搂住我，热乎乎地靠在我肩上，小声说："我像是变了，不骗你，美感啊，崇高啊等等，这些词都活起来了。"

我没说话，冷不丁想到一个词，"纪念碑"。我后来只要一见到老祖母就会想到这个词，但绝不跟过去那样夹在话里显示自己不同凡响，而是镌刻在很深的地方，它不时地给我一些激情。

临近春节时，老祖母突然说起要回一趟老家。琼枝的姆妈问她老家有什么亲戚，她摇摇头，很踌躇的样子。又过了两天，她不辞而别，那间小房子就那么空地关了近一个星期。

大年夜那天，有好几个人来找老祖母，说是刺绣厂的，现在要恢复一些传统工艺绣品，要找老祖母请教。这时，大家才恍然大悟，原来，老祖母是个卓越的老人。

几天后，老祖母风尘仆仆地赶了回来。她脚肿了，听说是坐船坐的。她跟大家说，这趟回去是去了却一件心事。她的样子格外真切，还揉了揉肩，让人觉得她是如释重负。紧接着，老祖母就成了大忙人，绣品厂三天两头来人。老祖母讲，她们就拼命记；老祖母累了，她们就给她倒杯开水。一天又一天，终于在开了春不久，老祖母病倒了，一个人躺在床上。

我跟琼枝去看她。她用滚烫的手拉住我们的手，絮絮地说着她的故事："那时，我年轻，是我们厂里最巧的一个。那时的光阴过得真快，就像昨天。年轻可真好，再艰难，有了青春，日子也是耀眼的。"

老祖母说到这儿，从枕头底下抽出两条月白色的绣花丝手巾，说："这是我年轻时绣的，原打算留给孙女，可她不会晓得珍惜。给你们两个好姑娘做纪念吧。"

我们接过来，用手托着，甚至不敢去翻过来展开它，生怕揉着它伤着它，因为那上面凝结着老祖母年轻时的辉煌。多少年来，它一直在她心中燃着，照耀着她的一生。她如此慷慨地把这珍贵的纪念品送给我们，让它来激起我们的辉煌。

从此，我们两个变得格外用功，像是有一股无形的力量在后头推着我们。琼枝的姆妈笑口常开，不过，偶尔也有发怔的时候："唉，老祖母的病怕是难好了。"

老祖母的身体越来越虚弱，也不出门了，老是躺着。绣品厂的人跑来向她报喜，说是传统工艺的绣品在市场上打开了销路。她笑笑，就剧烈地咳嗽起来。客人走后，她支撑着起来，找出一张发黄的照片，断断续续地说："进厂的那年留的，那时……十五岁。"

照片上是个美丽的女孩子，跟方百羽相像，只是更质朴。她欠起身子，一遍遍地抚摸那张照片。琼枝噙着泪，把照片放进镜框，挂在老式的床架上，让老祖母睁开眼就能看见年轻时的那个巧手姑娘。

　　正是春寒的时候，老祖母的病一直不见好，整个院子的人都为她提心吊胆，仿佛大家都是她的孩子。她成天迷迷糊糊的，脸色跟四壁一样白得没有血色，却圣洁得要命，很高贵。有个下午，她突然好多了，让人带口信，说要找我单独说说话。我有些忐忑不安，暗想别是什么临终遗言，我是多么希望她能好起来。

　　老祖母见我，很虚弱地笑笑，示意我靠近她。她身上有一种老年人的酸气，温乎乎的。

　　"这一次我回乡下是去看琼枝的亲父母，告诉他们，琼枝在这儿挺好……琼枝兄弟姐妹多，那时日子不好过，才送掉她的。"

　　"你待人真好。"我说。

　　她无声地笑笑："当年，他们是托我把琼枝抱了出来的。不去回禀一声，我死了也安不下心。"

　　我想着老祖母在途中的颠簸，想着那双肿胀沉重的脚，于是便真心实意地敬佩她的善良："老祖母，琼枝知道吗？"

　　"别告诉任何人。"她说，"以后你要多想着琼枝。很多年后，她姆妈也要过世的。那时候琼枝要是孤单了，就让她回去认兄弟姐妹……快记下地址……快！"

　　老祖母终于被送进医院。有一天，娇小姐方百羽提着钥匙来取祖母的衣服。进门前她还是满脸的怨气，眉毛拧来拧去。

她在小房子里待了好久，出来时却是泪眼蒙眬。事后，细心的人发现，小房间里那张发黄的照片不见了。又过了几天，有人看见方百羽把自己的近照夹进镜框，照片是崭新的，上面的少女容光焕发，仍是漂亮的弯眉，但眉宇间却多了点什么。

我跟琼枝都眼巴巴地盼着春暖花开，我们相信到那时，老祖母会回到自己的小房子里来的，看着世界每天每天地变样。

名师赏析

《表哥驾到》是一个颇为轻松的小故事，讲述了别人家的孩子原来也逃不出"别人家的孩子"的魔咒。幽默滑稽的故事，让人不禁反思：孩子之间令人窒息的竞争，归根到底是家长之间不通情理的攀比。内卷还是躺平，这个问题好像永远都没有答案。

《少女罗薇》讲的是妈妈和青春期女儿之间的矛盾与"战争"。妈妈在生活和工作的多重压力下，越来越无法理解女儿细密柔软的心事。女儿则觉得妈妈不够爱自己——一个母亲居然忘记女儿十四岁的生日，简直不可原谅。清官难断家务事，特别是母女之间，大概等到女儿变成母亲，有些难题才能真正解开吧。也希望母亲们在身披岁月的坚硬铠甲之后，也依然能回头呵护不成熟的稚嫩。

《孤单纪念日》和《友情的颜色》是两篇非常短的小文，主题都是青春期的孤单。无论是由于坚持己见而被排挤，还是因为进入新环境而形单影只,学会面对孤单是孩子们成长路上永远无法避开的课题。对此,我们可爱的主人公们有的选择咬紧牙关,最后重回群体;有的选择主动求助于他人,从而获得第一个接纳自己的朋友,品尝友谊的甘醇。不管怎么选,你都要相信,内心真正丰盈的人,或许会孤单,但绝对不会孤独。

《天真》《老祖母的小房子》《瑞黎姨妈》三篇小说笔法细腻动人,故事情节一波三折,扣人心弦。但不能否认的是,它们都会给人带来一种轻微的刺痛感。作者下笔太狠了,绝不肯粉饰太平,那些让人心痛的,往往最真实。唯有正视真实,才能真正获得继续走下去的勇气。

《天真》里的"我"和阿幻就像一个女孩的AB面,一个在学校混得风生水起,一个在家庭生活中游刃有余。这样两个完全不同的女孩,因为"母亲"变得敌对,因为"母亲"又变成了朋友。母亲是两个女孩的审判官,也是整场战争的真正源头。母亲作为女儿生命中第一个,也是最重要的"同性伙伴",她的否认往往最致命。故事看似是两个女孩的争宠,其实批评了成年人用"评价""厚此薄彼"的粗暴方式对孩子的控制和塑造。

《老祖母的小房子》里的老祖母和《瑞黎姨妈》里的瑞黎姨妈都是"罕见"的女性。老祖母坚韧,善良;瑞黎姨妈美丽,强悍。她们都曾在各自的生命里璀璨地绽放过,也都无一例外被生命中亲近的另一女性所牵绊。目睹方百羽的冷漠，我们不禁心生愤慨，可是面对大美的痛苦，我们又忍不住感叹：爱的绳索捆不住年轻的心，孩子是独立的个体。期待自己最爱的人像自己，究竟是爱她还是束缚她呢？每个人或许都会有自己的答案。

我们通过别人的眼睛认识自己，同时通过自己的眼睛，去辨认别人。在滚滚红尘中长大绝非易事。

第三辑

葱茏的日子

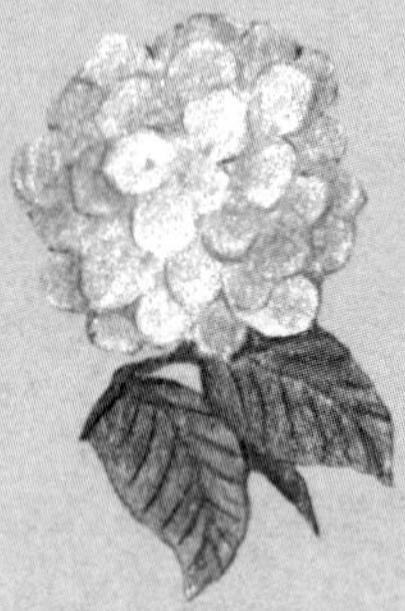

别样的上海情结

每次填表格写履历，都会略感单调和狭窄。从小学起，我读书、求学过的机构都标明上海，在我半个世纪漫漫的工作履历中，刨掉上山下乡的时段，无一例外也都在上海，土生土长的老上海算是实锤了。

出生在上海，视为第一故乡，从不肯轻慢。外地朋友常在我跟前说上海，有的津津乐道，说上海仿佛梦境冲进现实，也有的对一些缺陷评头论足，无论赞美还是批评，我都难以与之共情，心里波澜不惊，觉得走马看花的人，找不到上海的魂。我看到的上海没那么夸张，是浑然天成、自然而然的模样。

有时也会反思，自己在上海住得太久，也许形成依赖，磨掉了一些锐角，缺失部分敏锐，不激动，不惊艳，也不挑剔了。好多次，我长时间地远离上海，爬山涉水，跑到遥远的地方待着，返回时，以为自己恰如故人归来，能以崭新的机敏的目光审视这里。

尝试几次，发现也是徒劳，记忆和逝去的岁月不能重建，付诸给这城市的依赖和情感难以抹去。千丝万缕的过往如此稳固，难以颠覆，上海在我心目中依旧是处事不惊的存在。

对上海的亲切感，与生俱来，年少时我特爱听上一代人谈论初到上海的经历,他们是从外埠来上海落户的。母亲五岁时随外婆由宁波乘轮船来上海,幼小的她在摇摇晃晃的船舷上,懵懵懂懂地预感到迁徙带来的人生突变,在人声鼎沸的十六铺码头登陆,她第一次意识到上海是大码头,便紧紧地拽住外婆的衣角,害怕被滚滚人流挤丢。

当时我外公在虞洽卿创办的三北轮船公司任高级财务,用金条定了一幢三上三下的房子,将家眷安顿妥当,母亲被外婆领着去见识外滩,看摩登好看的十里洋场,去白相大世界游乐场,照光怪陆离的哈哈镜。

1937年8月,日军炮击上海,母亲儿时的安乐窝也被毁掉,所幸家人无恙,外婆拖儿带女辗转多处后,在南市老城厢的净土街上找到一所石库门房子落脚,一住数十年。母亲在上海求学、参军、转业、成家,她不会说宁波话,一口的上海话,除了在表格上填籍贯,必须郑重填上浙江宁波,其他的完全融入上海。

整个童年,每逢礼拜天我总是随母亲回娘家去探望外婆,我们母女买一小篓当令水果,一盒桂花蛋糕。外婆所住的老城厢人口密集,像巨大的蜂巢,周边遍布大小弄堂,过街楼鳞次栉比,石库门大黑门上有铜门环,里面有客堂间,笔直的小楼梯。不远的小桥头聚集着活跃的集市和众多的点心铺、老虎灶、烟纸店和剃头店。

父亲不一样,他来自北方,24岁时随新四军大部队南下,穿军装、扎绑腿的他,起初驻扎在无锡,后来和母亲相识,双双转业来上海。父亲从小跟中过举人的太爷爷学诗文,骨子里是传统、保守的小知识分子。他吃不惯本帮菜,说那是"甜蜜系的",不喜欢米饭,不喜欢馄饨这样的面食。听不懂吴方言,住不惯人口密集的弄堂,不喜欢去逛近在咫尺的淮海路,不想让母亲穿旗袍。

他对上海从没有狂热的表达,却定定心心地在上海居住了60年,从来无意离开。虽然他不学上海话,不遵从上海的人情世故,一个人在上海面对"上海人"妻子、儿女、连襟、同事、上级,他自称外乡人,是自在而另类的存在。但他自得其乐,在亲友圈和同事圈里获得一致的好评,礼拜天也喜欢带我们走外百渡桥,看外滩的夜景,去文庙,去花鸟市场买花草、鱼虫,去大光明电影院看战争片。每次有乡亲、战友到访,他带他们去正宗的饺子馆,也会看摩天大楼。他的心里吹进上海的香风,也有放光明的故乡的山林、月亮、小河、花卉,他的眼睛有祖辈那里遗传下来的清亮,拥有山里人特别有神的眼睛,他心里也始终留有一整块地方,装他生长的北方。

六十年间,父亲回家乡十余次,我也陪他回去过,他访亲探友,在山上、田边看看,不几天想回上海了,估计是适应不了故乡的闭塞和冷落,也惊诧故乡的妇女还戴着落伍的金耳环,只有他的胃忠实于故乡,从北方带回来炸丸子、茴香味煎饼、香椿芽、小米,他会当宝贝似的看待。

上海大得让人惊讶,还在变大,马路左一条右一条,有5000多条,每年还开出新马路,地图上的条条杠杠,密密麻麻,像一把游戏棒撒开来。好多马路我都没去过,甚至没听说过,最熟悉的路,都和自己的经历,和亲友的居住地有交集。前几天有朋友说他特意全程乘坐长83公里的11号地铁线,一路被上海的巍峨震撼着。

上海人流、商潮拥挤，车流滚滚，四通八达，从不缥缈空寂，每个人的生活圈往往在自己的区域里。刚相识的朋友喜欢问你住哪个区，大致判断着你的阶层，其实在上海，这样研判的意义不大，即便市中心的南京路、淮海路、新华路一带的黄金地段，一边可以聚集独栋洋房，老牌的花园住宅滋润地排开，但相隔不远的地方，或者就在洋房背后就可能出现矮平房，城中村，每个局部区域的文化面貌，每个弄堂的前世今生会有微妙的不同。

对上海感受最深切的，往往是在离开上海的日子，这时能机敏地发现他乡这里或那里的不同以及缺失，想听爽利的上海话，也找不到上海那样自然、便利、能给人想要的城市生活，找不到步行都可到达的菜市场、超市、医院、水果店、大饼油条店、理发店、邮局、电影院。可以说我去过的地方，哪里都没有上海这么适宜、合心，心安理得。因而会格外自豪上海的柔性和弹性，美感和格局，这城市应有尽有，有荣耀，有适宜便利，有文雅，有洋气，有时尚现代，有质朴，也有佛系，满足不同的人对于城市的幻想。

上海拥有庞大的市民群，各色人等聚集，早形成了一些基本共识。上海的人际关系仿佛有民间准则，热衷家长里短的被称成"小市民"，不开通者，不灵光的被称作"戆"，轻薄的是"十三点"，处理事情或人际情感分不出轻重的、不得体的，被称为"拎不清"。如果一个人被公认为"拎不清"，相当于在人际中一票否决。上海人崇尚见识，不保守，乐于接受新事物，崇尚广泛意义的美感。不笑人囊中羞涩，不笑人为生活奔波，不笑人怪异、愚钝、另类，受不了少见多怪，没见识，拎不清，不得体、思维不在一个频道上。多少年雅俗共赏的文明水准在民间推波助澜，思路清爽、有气魄、举止得体、不干扰他人的人受到绝对尊敬。

数十年来，我在庞大的上海找一个闹中取静的地方，那里街道不宽，车行缓缓，有林荫，周边的咖啡店香气袅袅，就在街边的房子里写写文章，过紧张和松弛共存的生活，倒是容易沉下去，在创作领域发光。有了雄心，或许有一天，写出了有关这座城市的大作品。

处世的魔法

少女时代我家居住在一个大院里,院门口有一条瓶颈似的窄弄堂,笔直的一溜。在那儿学骑自行车再适合不过了,像被框在规范中。暑假期间,我和两个同伴总是相互扶着在那儿练习,处在那种眼看要学会却还差点火候的当儿,最让人欲罢不能。

不承想这块风水宝地居然被一个陌生的外乡人占领了。他是个酒鬼,总是在弄堂当中席地而坐,怀抱酒瓶不断仰起脖子痛饮,直喝得酩酊大醉醉倒在地。这个人的出现于我们是极扫兴的事,但谁敢去赶走一个酒鬼呢?酒鬼一般来说爱动粗,一旦冒犯他,谁知道他会不会大声咆哮或是乱砸东西呢?

有一天,酒鬼走开了,我赶紧把自行车推出院门,央求那两个同伴左右相扶,跌跌撞撞地朝弄堂骑去。可就在此时,那酒鬼突如其来地出现在弄口。两个同伴嗷嗷地叫起来,松开手就退开去,而我因为没学过如何下车,所以身不由己勇往直前,"咚"一下撞过去,竟将叉开腿站着的那人撞了个跟头,随后我自己也像子弹那样被弹了出去。

我知道这下惨了,只有苦笑的份。不料,那人看见我笑,捏紧的拳头慢慢松开了。后来的事很不可思议,他居然骑着我的自行车向我示范如何前下车、后下车,甚至双脱手驾车。

我就是在那天学会骑自行车的。我从没想过会在一个酒鬼那儿学到什么，而事实胜于想象。暑假过后那个人不见了，同伴猜想那酒鬼讨厌自己的生活去痛改前非了，也有的说他不过是挪个地方继续潦倒，不论怎样我看到那是个渴望被友善对待的人，另外既然我从他那儿学到过东西，对他的记忆会留得很深。

其实，我那些拿手的生活本领几乎都是从别人那儿学来的。比如我最早的烹调是跟小铺子里素不相识的厨娘学的。那天我路过小铺子，她正挥动锅铲炒菜，那种沉浸在生活里的生动景象吸引了我，我站定下来，她发现了我，于是撒盐时带着示范，动作也越来越加规范，她乐于这么做！所以我常常想，只要有心，我在人堆里随处可找到老师，比如那个从未与我交谈过，相貌平平，看似目光只在油盐酱醋上的厨娘，我真该称呼她一声启蒙老师。

生活中更有许多人教会我们如何做人：我曾见过一个贫穷家庭的孩子，穿着旧衣衫，却将积攒下来的一包在手心里握得热乎乎的零钱捐给了更穷的孩子。我拉住他的手，问他为什么这么做，他说，他懂得穷得过不下去的日子是什么滋味。

还有一次，我们举办联欢会，用美丽的孔雀羽毛装饰墙，有个3岁的孩子突然跑过来，睁大眼睛问："孔雀一定会很疼的？"一时间，在场的大人都愣住了，因为从孩子真切的话语中，我们感受到某种震颤，仿佛唤醒了丢失已久的赤子之心和怜悯之心。

我想，一个高明的人应该是乐于身处人群的，因为透过种种表象，与人相处能迸发出神奇的魔法：那就是相互学习、完善，彼此分享友善和关爱，以及成长的心得。

别人的预言

我的中学生活中总爱发生一些啼笑皆非的事,比如周围人七嘴八舌地预言我的未来。他们说我性格古怪,跟人说话不看人眼睛,因此将来注定是独来独往。这种声音听多了,很容易相信这是公正的预言,于是在相当长的一段时间里,我真成了喜怒无常的人,甚至曾有过连续36小时不与任何人说话的纪录。

当时我们家附近住着一个非常粗蛮的年轻人,他力大无比,却不务正业,时常在这一带惹出事端。周围人怕他,常聚在一起说他的种种不是,大家预言他终将变成职业流氓,成为本地一害。大家痛心疾首的表情令人难忘,此后我一见此人就如同见到恶魔,赶紧逃之夭夭。又过了一阵,那青年爱上了一个非常美丽、善良的女孩,爱情使他像变了个人,他开始寻了一份工作,而且干得不错。人们开始看见他乐呵呵地做着许多公益的事,一身匪气荡然无存。

原来,这世界上最难定论的就是人,因为人每时每刻都有机会改变自己的人生航向。

从此,我就开始不在意别人的预言。日复一日,我善待亲友,真诚待人,虽仍然不拘小节,跟人说话不看对方眼睛,但周围还是聚起一大帮朋友。

生活中有些强者，他们反而能从别人悲观的预言中汲取动力。一位花季少女，聪慧过人，深得父母的宠爱、老师的器重，可她患了脑瘤，手术后虽摘除了瘤子，可人却瘫痪在床。父母抬着她走了许多医院，可医生们都异口同声地预言：不可能康复。最后，连女孩的父母也相信，这就是命运。

可是女孩连连摇头，她流着眼泪说："我要试一试，证明这预言是错的。"

女孩开始了艰难的挑战，她戴上特制的手套、围身，天天在地上爬行，先是一厘米一厘米地往前挪，后来是一寸一寸地向前进，她经受了所有的痛苦和绝望，就是不认输。一年后奇迹出现了，女孩能慢慢地走到学校。她说，她起初是恨那种预言，想推翻它，可渐渐地，这一切成为主动的出击。她甚至还感谢那些医生，只不过他们是按常规行事，而她则加上了人的毅力、精神，以及一颗永不屈服的心。

生活充满机遇，每个人的成长也不例外，生机无限。我们听说过这样的事，一个衣衫破烂的穷人买福利彩票中了奖，一夜之间成为巨富；我们也耳闻过另外的事，一个春风得意、事业有成的人因一念之差而丧失一切。

永远不要轻易地把人看死，因为一个人的转机有时只是一步之遥，那种不公正的预言少说为妙。当然，不可看轻别人，更不可看轻自己，奇迹随时可见，它就在前方。

章老先生

13岁那年,我结识了一位大画家,他是我初中同窗好友贞范的父辈——章西厓先生。他是现代装饰画大家,擅长版画以及书籍装帧设计,后改习国画。早在1947年,他就有画作结集为《西厓装饰画集》,这几乎是中国现代第一部装饰画专集。

章先生是我生平第一个见到的"活生生"的画家,之前我只在书里、画展中看过画家们的画作,他们的神采和身影仅仅停留在虚幻的遐想中,模糊而遥远。

贞范家住南昌路,和我家毗邻,是一幢狭小而陡峭,构造像炮楼似的小楼。第一次去章家,走楼梯时我雀跃着,心里怀着莫名的激动和好奇,去了之后却稍感失望,眼前的大画家,是一个长脸,细眼,清瘦的老人——少年时目光挑剔,看三十多岁的人,已然能看出老态来,何况当时章老先生五十开外了。

他穿着灰扑扑的中式棉袄,嗓音嘶哑、低沉,表情清寥,带着一丝游离现实的漠然,与我想象中的神采翩然的文人墨客不同。

章老先生仿佛喜静,怕生疏,他匆匆和我们打个招呼,便忙碌着他手头的事,在白色书架上翻阅资料,后来我们凑过去观看木架上陈列的艺术瓷盘,他紧忙避得远远的。他架起一截梯子搭在天窗上,身手敏捷地爬上去。他家住顶楼,客厅上方有一扇天窗，四周是屋顶，排着整齐的瓦片，却留出一块两米见方的平坦之地，章老先生独具匠心，辟出极小的私家花园。他从天窗进入小花园，高高站在那儿，头顶着云朵翻滚的天空，犹如走进世外桃源，小花园有盆栽的玫瑰、芍药，还有一大蓬的秋菊和绣球仙客来什么。他在那里待很久，我们都忘记他的存在了，突然，他从天窗里探下半个身子，招呼家人给他递水，递修剪枝叶的剪子。

我们几个当时在逆反的年龄，看待成人是敏锐的，有小小的畏惧，也有鄙夷和种种嫌弃，大家不由窃窃私语，于是他的名人逸事被集锦在一起——他收到画稿费，但凡新钞票，都会一张一张地夹进藏书中。他的画不让别人碰，他买的漂亮的水蜜桃和新鲜红苹果谁也不能轻举妄动，这里的水果是装在盘里闻香，观赏的。

章先生的另类，落拓，潦倒，不合群，怪癖，格格不入，被我们放大了。我们当面还是称他为贞范爸爸，一转身，私下叫他老头——经常老头长，老头短地说到他，老头的"老"字，发音拖得略长，音调拐一个弯。

不久，有幸见识章老先生的另一面，这让我惊讶，震撼。

我们几个去串门，章老先生潜心作画，头都不抬，进入工作状态的他只顾挥毫作画，耳朵听不见一切杂音，也许是根本没察觉，也许是六亲不认。为一幅画描摹线条时，他寝食难安，为图画上色时，他和平时庸常的形象判若两人，脸上浮现天真和痴迷的神态，身上洋溢起无法言说的光彩，不论是穿着老套中式棉袄，或者换上出门才穿的呢子细腻的中山装，也都不能掩盖他作为一个创造者的强大气质。我想画家一定不同于常人，艺术气质和创造的才华给予他光芒，创作者才情飞舞的那一刻，辉煌而迷人，少年轻狂时的我永久难忘这一幕。

后来才知，人不可貌相，章老先生极富才华，客厅墙上挂的全是他的画作，姿态无比妙曼的《鸽子与姑娘》，天真拙朴的《芦花鸡》，呼之欲出的绣球花，形象传神的静物素描，书架上陈列着他为臧克家《冬天》做的封面设计，为《高加索的俘虏》（列夫·托尔斯泰著，楼适夷译）设计的封面绘，女主人公鞑靼姑娘齐娜回眸顾盼，身后有太阳高悬，四周是疏篱茅舍，高树掩映，流露出美和惆怅相交后的神韵。

章老先生怀有艺术家的充沛浪漫，他和贞范妈妈在出版社的舞会上跳过舞，缔造姻缘。那之后接踵而来的各种磨难，虽然无法让他折翼，但消磨了他的锋芒，唯有在绘画时刻，尝遍了黑夜与创伤之后的他，忘我地向光芒奔去。

章老先生让我心生敬仰，虽然直到他1996年去世，我都没表露内心的感受，但我确认，他所倡导的艺术之美曾给予我良多的艺术启蒙。

2019年我出版《秦文君臻美花香文集》十八卷，分三大色系：温雅细腻的粉色系六卷，展现女孩丰富的精神世界和诗意情感；欣欣向荣的青色系六卷，以男孩为主要角色，透过男孩的视角叙述成长的挫折与收获；明朗鲜亮的橙色系六卷，包括风格缱绻温情的作品。三大色系的封面图画家，我希望都与我有着深厚的渊源。我隔空与贞范和章元联络，承蒙他们不弃，青色系的封面采用了绘画大师章西厓的六幅优雅的作品，为我的文集增添光彩，也借以纪念漫漫文学追寻路上，一位引领我进入艺术之门的大师。

喜欢花木兰

中国数千年璀璨的文化，深度影响了世界。弘扬民族文化，颂扬人类的坚韧、智慧，我心向往之，萌生写女扮男装的花木兰的念头，也源自此。

传播技术的迅速发展，推动全球化的进程，各国文化的互鉴是重要的，创作《我是花木兰》文本的前后几年，我曾对中外女性题材的文学作品做一些梳理，发现对于女性的认识、描绘、塑造，古今中外的文学作品的差异性大，分歧长期存在，互鉴的空间是巨大的。

女扮男装的故事，在明末清初曾十分热门，一方面是因为弹词的兴起，大量的女性创作者参与进来，她们不满足于闺阁生活，希望笔下的女主角能够跨越性别限制，凭实力崭露头角，自我实现，或是追求爱情。另一方面，在明代反理学思潮下，男性的小说家、剧作家，也塑造了一批假扮男子的优秀女性形象：如黄崇嘏、孟丽君，有的才高志远，高中状元，为官也干练；有的如闻俊卿，能文善射。

18世纪以前的世界文学中，也有不少女扮男装的艺术形象，往往也顺风顺水，结局美满。例如《一千零一夜》中，白都伦公主与丈夫失散后，担心随从们趁乱劫财逃走，干脆打扮成丈夫的样子，稳住众人，然后在异国他乡被招为驸马，继承"丈人"的王位，得到"妻子"的支持，最后与自己的丈夫团聚。莎士比亚的作品，追求跌宕起伏的剧情和夸张的舞台效果，他也塑造了一系列男装女性。《威尼斯商人》里的鲍西亚，聪慧善辩，打扮成男性上法庭辩护，帮助朋友免除债主夏洛克的毒害，而夏洛克的女儿也打扮成少年，跨越宗教和财富的沟壑，与情郎私奔。一些领主之女，如《皆大欢喜》里的罗莎琳和《辛白林》中的伊摩琴，在逃亡时也打扮成男性。

在中外文学作品中，对应封建男权和艰难时事，这些女性不得不以女扮男装获得便利，谋求公平权益，这样的故事不少见，但是少有花木兰这样女扮男装、为国效力的女军人形象。其实古老文明不排斥女性参战，古希腊神话里，有全民皆兵的阿玛宗女儿国，北欧神话中也有不少被称为"护盾少女"的女战士，古埃及神话里有塞赫麦特、奈斯等多位战争女神，常以母狮的形象出现。

花木兰代父从军，源于孝心和对家国的热爱，她的高大上的形象和精神境界在世界文学中是独特的。胸怀勇毅、责任出征的她，面对残酷的厮杀、劳苦的行军、连绵的乡愁，不得不掩埋性别身份，想必是孤独的。花木兰作为一位情深意切的女子，即使在军中结交了生死兄弟，她的身心应该依旧渴望独立的空间，竭力为自己留出一方女性的净土。

我不愿略去她的思考和情绪，只歌颂其孝义和荣耀，不想写她大大咧咧地换回女装，十二载戎马生涯，似乎没有在她身上留下任何痕迹，反而是她的战友们，得知她是女性，大吃一惊。我想写她自我疏离后的迷茫和彷徨，写她身为女性，对美的天生的向往，以及战争结束后，她再一次面对身份转换时的无所适从。军旅生涯无法磨灭她的高贵情怀，但她那恬淡平和的心境，早因为战争一去不复返，那样的花木兰，也许更鲜活，更符合女性崛起的普遍规律。

喜欢花木兰，才会花几年的时间去追索她的精神轨迹，体验她女子当自强背后的永恒而沉重的命题。《我是花木兰》是写给孩子的，以一个生活在今天的小女孩的梦境与纯净语境，对话南北朝时期的巾帼英雄，试图运用出其不意的巧思和双线叙事，便于今天的孩子感受遥远年代的花木兰是如何闪耀她的人性光芒，家国情怀。

搬家变奏曲

老早之前,搬家不是包给搬家公司的,而是自己来的。

我小时候遭遇过一次搬家,那天大卡车满载大小不一的杂芜纸箱、花花绿绿的行李包、一个贴了封条的红木小橱,还有摇摇晃晃的米缸和米桶。

搬场的大卡车是父亲从单位借的,过来帮忙搬家的也都是父母的人脉:亲戚,同事,老房子的老邻居们。

来帮忙搬家的一拨人,清一色男的,穿宽落落的衬衣,两袖生风,自在说笑,像电影里的"敌后武工队"。

平日绝对想不到,窗明几净、空荡荡的老房子里,能变戏法似的囤着厚厚的家底,"武工队"前赴后继地从老房子里搬出死沉的床架和大橱,庞大的被褥,一大堆冬装,一些布匹和绒线,无数的盆盆罐罐,仅冬季取暖的汤婆子就有五只之多。

原以为遗失的卷笔刀,掉了胳膊的洋娃娃,两个弟弟乱塞的臭袜子都现形了,没盖过邮戳的新邮票躲在隐秘的角落里,和灰棉絮似的蓬尘为伴。

卡车上载满货物,爸妈和"敌后武工队",一人一辆自行车,游侠似的跟在卡车后面。我带着两个弟弟坐驾驶室。

临开车了,外婆送来了定胜糕,放在驾驶室里。这是上海的老风俗，乔迁要吃定胜糕，还要去新老邻居的家里送定胜糕。外婆是为了讨一个心安，一个吉利如意的口彩，才亲自送来定胜糕，其实她心里极不赞成搬家，她本人从宁波迁来上海半个世纪，始终住在南市蓬莱路的石库门房子里，每天在窄小的楼梯上上下下，她拒绝搬迁一是恋旧，还有是怕被搬家无穷无尽的琐事逼疯掉。

到新家后，"敌后武工队"风风火火，把卡车上的家具，行李，米桶什么的统统地搬下，往新家运，进门前，为首的突然叫了一声："先搬细软！越搬越有。"

这也是那时搬家的套路和习俗，其实当年我父母没有什么细软，赤膊工资，几乎没有存款，母亲每个月买四块钱的有奖储蓄，年底的时候取出来，全家能过一个有鸡鸭鱼肉的春节。家里最值钱的是外婆给妈妈陪嫁的两样东西，一只金戒指，妈妈戴在手上了，另外有一只红木小橱，装了各种集邮册、高倍数的放大镜，算是我家最值钱的细软。

搬好后，妈妈给"敌后武工队"发盐汽水，将定胜糕分送大家，这些人嘻嘻哈哈地接着。我特别喜欢当时的大人，他们像我们同学之间一样单纯、热心、重情，彼此不必请客吃饭，不用讲客套话。

"敌后武工队"一人一辆自行车，高高兴兴撤退了，逍遥又洒脱。妈妈感动于这些人的情义无价，要爸爸保证，等亲友搬家，他也变身为"敌后武工队"。

记得那天两个弟弟特别不识趣，定胜糕被他俩掏空了一半，他们在卡车里就闹个不可开交，轰轰烈烈比赛谁是吃糕快手，在演绎闹剧的时候，因为一言不合，相互推搡，小弟还滚

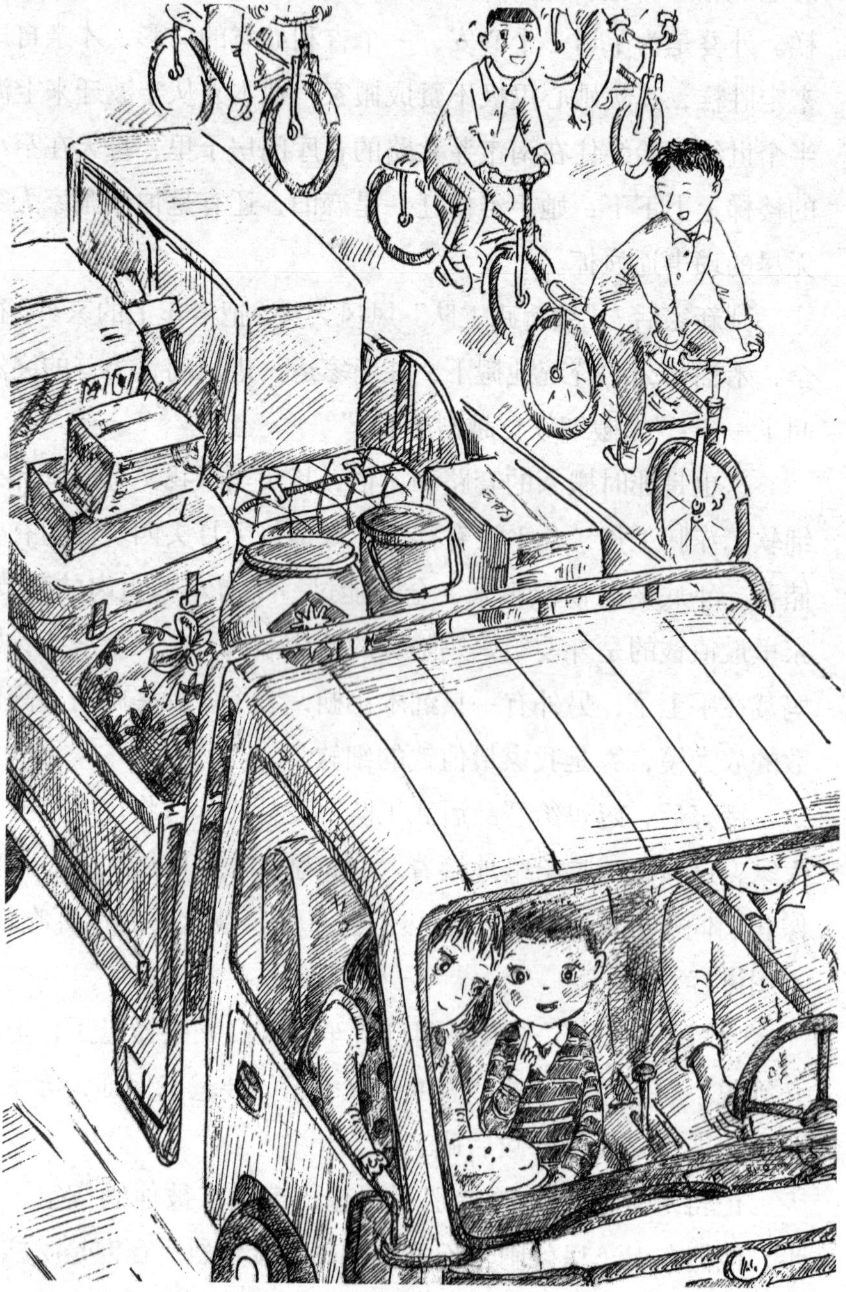

入司机的怀里，慌得司机紧急刹车。

等到了新家，他们涨红小脸，在角落演绎半夜鸡叫的故事，但还是很焦虑，为了一点小磕碰，扯开嗓子说"你寻死呀""你不得好死"之类的狠话。

母亲也要抓狂了，换了一个人似的，抓起手里的刷子扔过去，喝道："不准骂人，再骂就学鸡叫，罚他学一百遍。"

父亲也对他们说："要文雅，不要哇啦哇啦吵架，这里是新家，不是强盗窝。"

我那天的感觉非常不对头，心里发紧，也和两个弟弟一样焦虑、不安，听到大家说搬家是乔迁之喜，心里却没有感觉到欣喜，还平添了忧虑。

也许小孩和大人一样的，人不但恋旧，当安逸的生活像一把打散的游戏棒，得重新一根一根地挑起来，就会不安和焦虑。

但是新生活在推动着，就得前行。

直到新家安置就绪，并且在新家这边结识了新朋友，我心里才认可了这是自己的家，感悟到乔迁之喜的成分。

至尊的独立

　　人都是要长大要独立的。记得十四岁那年我初次离家,参加学校组织的为期一个月的学农,也就是住在远郊的农民家里,与他们同吃同住。那时我怯怯的,有点像躲在松林里探头探脑的小松鼠,对未知的世界充满好奇、害怕。然而期满归来时,心里就有了点底气,我还特意去照相馆拍照为证,在照片上,我的神态有点老到,仿佛一个有阅历的人。我将它视为珍宝保存在厚厚的相册里,因为它是一个至尊的见证,记载着一个女孩的初次独立,并且预示着后面尾随着许多充满荣耀的词汇:羽毛渐丰,小荷露尖,青春年华……

　　后来我做了母亲,我很爱我的女儿小鸟,却明白无论母女之间如何情深意切,我们仍然是两个独立的人。小鸟四岁那年,组织上顾及我繁重的写作任务,拨了一个寄宿幼儿园的名额给小鸟。那个幼儿园有草木葱郁的大花园,木梯子上铺着热烈的红地毯,一切都很完美。临行的那天夜里,我在灯下给小鸟准备行装,在她的小衣服小被子上绣着名字。忽然,我扔下了针线,泪如泉涌:一个女孩小得连自己的用品都无法辨认、看管,那她如何表达心意,如何维护爱和尊严呢?独立是要有长长的准备的,是一种积淀后的崛起。终于,我们放弃了这个名额。

一晃，小鸟升中学了，被一家寄宿制学校录取，我再次为其准备行装，看着她六神无主，我便把她所爱的物品统统装进行李，我其实是个重视精神生活的人，但我永远认可物质往往会对人产生奇效，对于一个走入陌生环境的女孩，携带的爱物能够慰藉她的心。临行前，小鸟在我的厚相册里翻弄着，说要带一张妈妈的照片，我怂恿她带我学农归来的独立照，可她拒绝了，选了一张我穿便装、笑容安详的照片贴身装着，还说："这张才像我心目中的妈妈！"她不知道我如今的这份安详是如何获取的。

小鸟住校的第一个月里，频频向我诉苦：半夜睡不着，伸手找不到妈妈；女浴室的门坏了，洗澡时门会突然洞开；去学校的小卖店看看，因为她是个理性花钱的孩子，迟疑着比较价格，结果被店员斥责；就连钥匙圈坏了这桩小事，也会成为她独自流泪的借口。她在电话里哭泣，说感觉到离妈妈越来越远，她想放弃独立。

我说小鸟你必须试着解决这些事，至少试一试，万一解决不了，你再打电话给我。挂断电话后，我整天都守着电话机，一旦有朋友的电话进来，我只能三言两语，说我正在等一个最重要的热线电话，稍后再打给他们。确实，眼下我最大的心愿是帮助一个女孩站起来，独自迈出第一步。

小鸟的求助电话迟迟不来，我心里空空的，整理着她的小房间，那里充满着小女孩甜腻的气息，催人心软，而且我还瞥见她留着的一根小竹棍，她曾戏言这根竹棍留着将来打丈夫，她害怕会找个恶丈夫，害怕独自面对这纷繁的世界，害怕迷失童心和爱心……刹那间，我心乱如麻。

就在此时，小鸟打来了电话，说浴室门已经报修了，现在虽还是坏的，但她每次都在上面粘上透明胶，再大的风也吹不开；小卖店的人这两天已知她的秉性了，不再冷言冷语；同桌和她一块修好了老虎钳，另外，她晚上想家伤心，后来累极了，扑通一声倒在床上熟睡了，翌日清晨，看见太阳出来了，忽而感到心情豁然开朗。

如今，小鸟依旧每天打来电话，只是内容变了，她总是兴致勃勃地告诉我她中午去了图书馆，晚饭后跟同学一块散步。她总在电话那端说：我很好，你好吗？我便在电话这端说：我很好，你好吗？那正是我心里呼唤的那种两个心心相印的平等的人在对话。

小鸟没去拍照立志，我送了她一个穿中学校服的珍妮娃娃，悄悄地把它当成小鸟独立的见证，因为一个女孩走向真正的独立，慢慢地拥有了为自己设计未来道路的勇气和能力，这真是令我喜极而泣的喜事。

……

送我厚礼的那个人

那个人是女性，自称是我的同行。说实在的，她的创作热情常常令我汗颜：对她来说，世上的事涂涂抹抹最轻松，她兴致勃勃地伏案疾书，文稿一摞又一摞，而且，她还自配插图，大笔挥挥，隔一阵就出版一本大作，她那样的劲头和才华让我不由心怀嫉妒。

那个人有时也令人感动，谁欣赏她，或是对她的作品说上一两句好话，她便心花怒放。有时还慷慨地拿出珍贵的文稿相送，隔好久，还会念叨起称赞她的人的名字。倘若遇上对她作品不屑一顾，或是对她本人不敬的人，那也没关系，她有点马大哈，也不太懂得去怨恨，过一会儿就忘了，仍认为自己的作品妙不可言。

那个人的最大美德就是对人好，特别友善，热情似火。别人约她去做客，她总是心急火燎，每次都提前抵达；她若约了别人上门，也同样毫不松懈，早早打电话过去，小声恳求道："不要迟到噢！"在她看来，朋友或亲人就该多多聚会，共度美好时光。

还有一次，那个人在商店里遇上一个蓝眼睛高鼻梁的老外。那个人一句英文也不懂，而老外一句中文也不懂，但他们却一见如故。那个人为老外指了路,两个人借助手势互通姓名,还攀谈了一阵,临别时两个人依依不舍,"飞吻"了一个。这似乎有点过于亲昵了,不过,那个人就是奔放,不掩饰自己的好感。她的外交手腕让人发现,还有比语言沟通更深得人心的东西。

那个人每日早出晚归,是个大忙人,可邻居家一只叫尼克的小狗走失了却使她夜不能寐,她担心尼克找不到食物,怕它被不爱它的陌生人拐走。她还为邻居难过,一只活生生的小狗突然不见了,而它的小狗窝还在,只是空着,冷冷清清,主人的心应该会空落落的吧?那个人为这件事把心操碎了一百遍。

那个人的守信用我是深有体会的。有一次,我与她约定在车站碰头,偏巧那天我外出开会,而那又是一个拖拖拉拉的会,待我走出会场已离约定时间晚了一个多小时。我想那个人一定是独自回家了。路过车站我望了一眼,却发现那个人仍站在夜色中,因为脚站累了而不停地交换站姿。与她做伴的,只有一棵忠诚的树。

不过,那个人有时也麻烦,冷不丁会提出一串问题,这些问题大到宇宙天体,小到鸡毛蒜皮。看你被问倒,她分外高兴,没准会把答案告诉你,原来她有时是存心找碴,考考你。有些问题尽管你回答精确,但也不必自鸣得意,因为她不会满足,仍会一个劲地追问下去,直至你词穷。假如哪一次你不肯服输,搪塞了她的提问,这下,你倒霉了,她会牢牢地记住你的愚蠢。

那个人可以说是一个简单的人,但对待生活,她爱憎分明,并不比我们这些复杂的人逊色,而且,她知道怎样获得幸福。不过,近来她好久没出作品了,她在忙更重要的事:她想给盲人设计一种有美妙响声的衣服，穿上它们，人们就能关注到世上的盲人，并成为他们的眼睛和亲人，她看见盲人笃笃地敲着棍子，心里就不好受。

当然，那只是个美丽的梦想。那个人有太多的奇思怪想，她常常一个人坐在小房间里喃喃自语，享受梦想。

那个人其实没送过我什么礼物，她一般不送人什么奢华的礼物，她送出的厚礼让我明白了什么是返璞归真，什么是快乐和美好，什么是一个人的初衷。

那个人那一年才八岁。那一天，当我欣赏着她自己装订出版的作品时，她把小头颅倚着我的肩，甜甜地睡着了，她是那么信赖我，信赖这个世界，她的真情又是一份丰厚的礼物：让我们相信，我们也能做一个给世界带来厚礼的特别真挚的人……

分别的日子

不久前,我办出国讲学,结果签证办晚了,实在赶不上了。我家的小孩听说后,狂喜得载歌载舞,一得意,不由吐露真言,说是这一阵,她每晚临睡前都要祈祷一遍:"签证不要下来呀!"

这小孩像只小蜗牛,出门也背着自己的小房子,小小的触须探到点潜在的危险,就将身子缩回最安全的栖身地。

小孩读了六年的书,当初曾像一团热情的火,呼啦啦,奔放着一路烧出去,而如今,见到了一些不如意或是不公平的事,回到家,面对父母宽容和蔼的笑容,她像个历经沧桑的人,常常轻声叹息一声:"家里真好呵!"

每次听说我要出差,她会哭丧着脸说:"你又要走了!"随后,隔一天就要追问一句:"你又要走了?"把这当成一件牵肠挂肚的心事。

每逢出差在双休日,小孩会送我到楼下,随后飞奔而回,慌慌张张的,常常会一不小心撞在陌生行人的怀里。我知道她是急着赶回家,独自站在高高的窗台前亲眼目送我,看我走出弄堂,坐上车,越开越远,直至消失。她慌不择路是害怕错失了那个送别的程序,所以,每回见她抽身而去时,我都会有意放慢脚步，暗自计算着她是否已趴在窗台上了。

在小孩心里，这纷繁的世界里能给予她阳光的人还是很少很少呵，没有比与父母厮守更富有安全感的。

有一次出差，我提前办完了事，改了机票匆匆返回。那天正好是周六，我轻轻打开门锁走进房间。小孩正弯着小身体埋头做功课，她抬头瞥瞥我，淡然一笑，又埋头做起来，并不理会我。

"喂！"我轻声叫道。

她抬首看看我，讷讷地问："妈，你是真的吗？"

我笑起来，说："当然！"

她小心地伸过手碰碰我，触摸到了我的袖子，又摸摸我的脸颊，忽而灿烂地笑起来，说是她想我不可能提前回来的，还以为是幻觉又跑出来了。

在我们分别的日子里，小孩会一往情深地想念我，焦虑地幻想我归来时的欢乐，她还会环抱住我的衣物，勾下脑袋把小脸埋在里面。事隔数年，她还对我出差的日期记得分毫不差。

"那天，是一九九六年二月二日，你去北京，是星期五晚上！"她娓娓道来，"你拖着行李箱走呵走，像拉着一条狗，走得很慢，你坐上一辆强生出租车，车子开得慢极了，我以为你改主意，不想走了。"

那是因为我跟司机说："我女儿在楼上目送我呢。"

司机回道："真难得！"于是，他慢慢启动，车子开得像跳慢四步舞，轮胎在水泥地上艰难地磨着。

她又告诉我说，一九九八年八月二十七日星期四，正好是暑假返校日，她从学校慌里慌张往家跑，想着：妈妈走了还是没有走呢？她想一定是走了，一定是走了。推开门，发现我还在整理衣服，往箱子里放，她有多惊喜，心里在说：原来妈妈没走，妈妈还在！

她时常为与我短暂的离别而流下滚滚热泪。

我总感觉，她给予我的真情既是一个孩童对于母亲的热爱，还有碰壁后的无处可给的深厚友情，这个失意的小孩把想索要又想付出的种种情感都一股脑儿掏了出来，交在我手上。

这是一个重感情的小孩，她能理解我的奔波，也会在每次分别后团聚的日子里格外珍惜。可一个小孩仅从家庭里获得爱和关注是远远不够的。

当一个小孩在童年期遇上的是善待和仁慈时，才会懂得人间的温情，才会重情和善良。在我们做小孩时，曾遇上过一些师长、邻居或是素昧平生的人，他们给予我们的点点滴滴的爱护，我们往往记住的不仅是他们的姓名，同时还是人类的光辉和美德。我们从自身的经验中相信，做一个关怀小孩的人是多么富有诗意，多么无愧于未来。

我家的"女生贾梅"

人文频道的小邹做阅读的节目，要走了我女儿的照片，节目播出后告诉我说，她的朋友原以为我家有个英俊的"男生贾里"，看了节目才知道我家藏着一个优秀漂亮的女儿。

其实我很想家里有贾梅，也有贾里，我还设想过将来两个双胞胎孩子长大后，贾里生个儿子，贾梅生个女儿，可是我家只有一个女生贾梅。

养女儿责任大，还得使劲疼着，介于80后和90后之间的宝贝好像长不大似的，看来永远疼不够呢。

我家的贾梅要去美国求学了，我赶紧给她写了四条忠告，说让她到美国后再看，她无所谓地说"装在锦囊里才好呢"。接着我教她煮吃的东西，白煮、红烧、清蒸、干煎都教了，希望她在吃够了汉堡和三明治后不要把自己饿死。她下厨时捏抹布躲躲闪闪，跷起三只手指，只拎住一只角，洗菜必须戴上乳胶手套。

出发之前，看着她硕大的行李、柔弱的肩膀，我深深不安，请朋友帮忙先替她带去了一只大箱子，又给在美国多年的好友列一个单子，让她在当地准备枕头、面盆、菜刀、筷子，把米、油、盘子、炒锅都列上，剩下居然有四件行李，我在她贴身的小箱子里放两天替换的衣服，怕她难以在杂芜的行李中翻到想要的东西。

宝贝女儿上了飞机后，身边上坐个胖胖的美国人，我们很担心她被挤着，旅程休息不好。12个小时后她发来短信："我到机场了，喵。"看来还很鲜活的。接着又有新的担心，那捆绑着的大行李她该怎么从传送带上取下来，还要出关呢，接机的朋友只能在候机厅等。不久也有了回音，她在飞机上遇上了熟人，三个女孩临时组成互助组，一个女孩看住手提行李，另外两个女孩负责把三个人沉重的行李一件一件拖下来。

接着我们每天视频1个多小时，说的都是鸡毛蒜皮，纽约太干燥了，去了她就流鼻血。

她买的衣架挂钩太小，衣橱的挂杆太粗了，眼看衣架要废了，结果她做一个绳套解决了问题，宿舍的窗帘太透，就用懒人的办法，掉个头睡觉。

到纽约的第一晚，好友请她吃晚餐，见餐厅菜的量大，因为先前听室友说摸不到周围的情况，没敢出门，已经连着吃了几天方便面了，所以她很珍惜地把剩下的一半打包回家，作为第二天的早餐和午餐，而第二天的晚餐，她好像只吃了两条茄子，一块山药。

我急着赶紧给她设计了煲仔饭，那是专为懒人准备的，可以一锅炖：把青菜鸡翅或排骨白菜放在电饭煲里一起煲，饭熟了放些油盐，搅一搅。但是她还不想照搬，过节时做了小豌豆炒鸡丁，青椒炒带子，还有莲藕目鱼炖排骨汤，甜点是蓝莓配酸奶，鲜奶布丁，据说同学惊为天食，还拍来同学踊跃盛汤的镜头。我马上申请，哪天我们见面时你做一次给我吃，不然我仍不敢相信这真是出自她的手。

女儿说美国人讲话快，直接，但很放松，学校的保安主任来给新生说当地的治安情况，说完后画一个狗头，说这是鄙人。我喜欢她说学校的学风自由，万圣节那天，正好轮到考试，就有学生打扮成超人来考试，因为考完就要赶去参加晚会，结果题目很难，超人的表情很僵硬更酷了。

她说半年里学到的东西抵得过以前几年学到的，我最关注她业余时间是怎么打发的，那是真正属于她的时间，她说去了现代艺术馆，去听了纽约爱乐乐团的演出，不过都是一个人去的，朋友们都在忙未来的职业，只有她好像散淡，自由。我说我也是那样的人，在最忙的时候我常常一个人去看电影，但什么重要的事也没有耽误过，因为心里有谱。

所以很多东西不用急，不用提前，瓜熟蒂落才是美丽的。这个年纪有一件事情是最美的，那就是体验，安静地享受大学生活，在课堂和图书馆广泛涉猎，有配得上这种生活的单纯的愉悦，将来这种置身校园的恬淡心情会远去，所以趁存在的时候，多多拥有这份美好。

她一直没有说起我的四条忠告，但是没见她来批判就说明她没有异议。我叮嘱她不要把美元当人民币花，但是买书不能省，吃饭和吃水果不能省，打电话交流不能省，体验艺术也不能省，我还指望她管好自己的时间和理性，把青春过得丰富一点，发现未知的自我，并深深自豪。

名师赏析

　　读者的好奇心，注定了我们不会止步于好看的故事，也期待能一窥文字背后作者的面目，从她生活中撷取作品里的光影。第三部分是秦文君老师的短篇散文，其中的只言片语或许可以填补我们对这位文字大师的美好想象。

　　《别样的上海情结》是作者对自己故乡上海的"回看"。她对上海的自然、便利、合心、美感和弹性的喜爱是来自心底的，所以才会有不激动、不惊艳，也不挑剔的亲昵态度。我们透过作者家族几辈人的动荡与扎根，看到了时代的大背景下，上海的变化与发展。这座城市的气质同样浸润了作者。思路清爽、有气魄、举止得体、不干扰他人的品性，也展现在了她的作品里。

　　《处事的魔法》《章老先生》《喜欢花木兰》《搬家变奏曲》《别人的预言》是五个短篇散文。字里行间，我们看到了作者少女时代对人际关系的理解，对自我的认知，对他人的共情，女性意识的觉醒和搬家时的分离焦虑。零零散散的生活碎片和直接感受，让我们看到了一个少女对生活的细腻体察，也逐渐理解为什么她能够把各种人物塑造得生动真实。

　　在《至尊的独立》《送我厚礼的那个人》《分别的日子》《我家的"女生贾梅"》这四篇散文里，秦老师是以母亲身份出现的。她的女儿是典型的别人家的孩子，漂亮、聪慧，有才华。有时候我们会觉得，像这样优秀的母女俩，是不是每天的日子都是闪闪发光,毫无烦恼,只剩下幸福快乐呢?

徜徉文字间,我们看到了世上最平凡,也最美好的母女关系。我们和秦老师一起提心吊胆地陪同小鸟慢慢走向独立,被她的热情友善融化,为她的才华拍手叫好,因为她哭丧着脸说"你又要走了?"而心酸,也会为她的勇敢喜极而泣。

最后一篇《我家的"女生贾梅"》写的是作者留学时期的点滴小事。母亲的爱都化作各种叮嘱:不要把美元当人民币花,但是买书不能省,吃饭和吃水果不能省,打电话交流不能省,体验艺术也不能省……

秦老师爱着自己的孩子,也爱着这世间的孩子。孩子们是聪颖的,他们最能分辨这世上纯洁、美好的灵魂。

她总说一个人长大是很不容易的,正是这份慈悲的心,让她的文字得到了孩子们的真心喜爱。